피아노 조율사

尋琴者

궈창성 장편소설

문현선 옮김

피아노 조율사

尋琴者

민음사

THE PIANO TUNER
by Kuo Chiang-Sheng

차례

일러두기

본문의 각주는 모두 옮긴이 주이다.

1

원래 우리는 육체가 없는 영혼에 불과했다. 신은 영혼을 육체에 불어넣고 싶어 했지만, 영혼들은 병들고 늙어갈 뿐 아니라 자유롭게 시공을 넘나들지도 못하는 형체 속으로 들어가길 원치 않았다. 그러자 신은 묘수를 생각해 냈다. 천사들에게 매혹적인 음악을 들려주라고 한 것이다.

음악 소리에 완전히 빠진 영혼들은 좀 더 또렷하게 들을 수 있기를 바랐다. 하지만 음악을 더 생생하게 듣기 위해서는 특정한 경로, 바로 인간의 귀를 통하는 수밖에 없었다. 결국 신의 기지는 성공을 거둬 이때부터 영혼은 육체를 가지게 되었다.

이 이야기는 린쌍(林桑)의 귀가 라흐마니노프를 들었을 때부터 시작해야 할 듯하다.

피아노 소리는 2층 연습실에서 들려왔다.

린쌍은 귀 때문에 자유를 잃어버린 영혼의 이야기를 들은 적이 없었다. 사실 그는 얼마 전에 다른 것을 잃어버렸다.

아내가 삼 개월 전에 세상을 떠났다. 린쌍은 삼 개월이 지난 뒤에야 정신을 차리고 아내가 생전에 운영하던 음악 학원을 정리하기로 했다.

아내가 심혈을 기울인 덕분에 음악 학원은 동네에서 꽤 좋은 평가를 받고 있는데, 아내는 왜 죽기 전에 당부하지 않았을까? 계속 운영해 달라고 하면 짐을 떠맡기는 것 같아서였겠지, 하고 린쌍은 생각했다. 아내가 진심으로 부탁하지 않으면, 음악에 관해 아마추어 감상자에 불과한 린쌍은 결국 폐업으로 기울 수밖에 없음을 아내는 알고 있었을 터였다.

그렇게 추측하자 린쌍은 죄책감을 조금 덜어 낼 수 있었다. 어쨌든 에밀리를 만나기 전까지 그는 바이올린과 비올라도 구분하지 못했다.

그동안 운영되던 수업들이 지난 삼 개월 사이 하나둘씩 끝나고 선생들과 학생들에게도 더 이상 수업이 없다는 공지가 보내졌다.

삼 개월 동안 린쌍은 학원에 발을 들이지 않았다. 그날 밤에도 마지막 수업까지 전부 끝날 시간을 계산해 9시가 넘은 뒤에 찾아갔다. 그래야 선생들의 책망 어린 시선과 마주칠 필요가 없었다. 면전에 대고 뭐라 말할 사람은 없겠지만, 린쌍 역시 해고된 사람이 자기 앞에서 어색해하는 걸 보고 싶지 않았다. 어쩌면 그게 더 참을 수 없었는지도 몰랐다.

첫 번째 결혼은 육 년 만에 이혼으로 종지부를 찍었다. 이번 결혼은 그보다 더 짧아 사 년도 넘기지 못했다. 그 시간은 에밀리가 린쌍을 진정한 클래식 애호가로 만들기에 너무 짧았다. 암은 맹렬한 공격을 퍼붓더니 육 개월도 되지 않아 에밀리를 데려가 버렸다.

린쌍은 아내보다 자그마치 스무 살이 많았다. 재혼을 마음먹었을 때 확실히 걱정스러웠지만 젊은 아내의 짐이 될지도 모른다고 걱정했지, 이런 결과를 맞으리라고는 상상도 하지 못했다.

연습실 문이 제대로 닫히지 않았는지, 은은한 피아노 소리가 텅 빈 밤공기 속에서 유난히 선명하게 들렸다.

에밀리의 독주회를 포함해 수많은 연주회에 끌려다녔지만 린쌍이 단번에 알아들을 수 있는 곡은 그리 많지 않았다. 2층에서 들려오는 피아노 소리에 깜짝 놀라 린쌍은 학원 실장과의 대화를 중단했다. 그러고는 음악이 들리는 쪽으로 자기도 모르게 고개를 돌렸다.

라흐마니노프의 「보칼리제」였다.

린쌍은 에밀리의 바이올린 연주로 그 곡을 처음 들었다.

결혼 일주년 전날 밤 린쌍은 깜짝 선물을 준비했다. 보석이나 명품 가방이 아니라 그가 후원하는 독주회였다. 그때 에밀리는 무척 기뻐하며 린쌍을 청중으로 거실에 앉혀 놓은 뒤 독주회에서 연주할 곡을 들려주겠다고 했다.

특별히 감동적인 곡도 싫은 곡도 없었는데 라흐마니노프의 이 곡이 연주될 때는 달랐다. 귓가에서 울리는 바이올린 소리가 이상할 정도로 처연하게 느껴지면서 몇 년 전 세상을 뜬 어머니가 불현듯 떠올라, 린쌍은 너무 슬픈 거 아니냐고 말했다.

에밀리는 사려 깊게도 「보칼리제」를 다른 곡으로 대체했다. 하지만 그 선율은 그날 린쌍의 머릿속에 박혀 버렸다. 알레르기를 일으키는 물질처럼 자리를 잡은 뒤 수시로 귀를 파고드는 느낌이었다. 소프라노의 노래나 첼로 연주, 자동차 광고부터 영화 배경 음악에 이르기까지 그 곡조는 끊임없이 다양한 형태를 띠고 그의 주변을 쉼 없이 맴돌았다.

하지만 그날 밤 주인을 잃은 허전함이 가득한 방에서 피아노 선율로 들었을 때, 린쌍은 왜인지는 몰라도 그 곡이 무거운 침잠이 아니라 무게 잃은 공허함으로 다가오는 것을 느꼈다.

"왜 이 시간에 피아노를 치는 사람이 있죠?" 린쌍이 학원 실장에게 물었다.

동그란 얼굴에 작고 통통한 여자는 린쌍이 문을 열고

들어온 뒤부터, 웃는 상으로 타고난 얼굴에 슬픈 표정을 쥐어짜느라 애를 쓰고 있었다. 그러다 화제를 바꾸는 질문이 나오니 숨통이 트이는 듯했다.

"아, 저희 조율사예요."

"이제 올 필요 없다고 알리지 않았나요?"

"알렸지요. 하지만 피아노를 옮기기 전까지 의무를 다하고 싶대서요."

린쌍은 좋다 나쁘다 말하는 대신 살며시 눈살을 찌푸렸다.

(맙소사, 피아노들은 또 어떻게 처리하지…….)

실장이 계속 말했다. "저 조율사는 연주 실력이 뛰어난데도 교습 제안을 거절했지요. 저희는 가끔 연습실을 무료로 내줬고요."

"조율비는 얼마죠?"

"시간당 1,500위안이에요."

교습비에 비하면 푼돈이 아닌가! 사업하던 사람이라 린쌍은 본능적으로 둘의 수입을 비교했다.

자기 피아노도 없는 사람이 교습 대신 조율을 자청한다는 게 린쌍의 귀에는 불합리하게 들렸다.

"잘 치는데요……."

완전히 주관적인 판단이지만 자기 분야가 아니니, 잘못 말했다고 해도 전혀 부담이 없었다.

"천 선생님도 그렇게 말씀하셨어요."

학원에서 에밀리는 언제나 '천 선생'으로 불렸다. 린쌍은 늘 천 선생 뒤에 있는 남자, 아버지 같은 남편이었다. 직원들은 그들 부부가 어떤 관계인지 확신할 수 없다는 듯 린쌍은 '린 사장', 에밀리는 '천 선생'이라 불렀다.

린쌍은 피아노 소리를 따라 천천히 계단을 올라갔다.

확실히 기억 속 연주와 달랐다. 꿈결 같은 부드러움이 더해져 아득한 옛 기억을 되살리는 듯했다.

(조만간 이런 선율도 내 삶에서 사라지겠지?)

린쌍은 계단 앞에 선 채 유일하게 불이 켜진 연습실을 바라보았다. 반쯤 열린 문 너머로 피아노 앞에 앉은 뒷모습이 보였다. 야구 모자를 쓴 남자였다.

린쌍은 그 뵈젠도르퍼 업라이트 피아노를 한눈에 알아보았다.

바이올린을 전공한 에밀리는 피아노에 완전히 몰입할 때가 별로 많지 않았다. 집에 있는 스타인웨이도 반주용으로 사용할 때가 대부분이었다.

어려서부터 피아노를 배웠고 중고등학교 때도 복수 전공이었으면서 왜 나중에 바이올린을 선택했느냐고 린쌍이 묻자 에밀리는 반농담조로 이유를 설명했다. 피아니스트는 이번 생에 가망이 없겠더라고요. 그나마 바이올리니스트라면 어느 교향악단에 들어가 밥은 먹고 살 것 같았어요.

린쌍은 더 묻지 않았다. 그때 에밀리는 외국에 미련이 있는 듯 보였다. 외국에서 서양 남자와 사귀었을지도 몰랐다. 이미 서른여섯 살이었던 에밀리는 더 결혼을 미뤘다가는 기회만 요원해질 뿐임을 똑똑히 아는 듯했다.

결혼 후 린쌍은 에밀리를 위해 새 스타인웨이 그랜드 피아노를 구매했다. 에밀리가 어렸을 때부터 결혼하기 직전까지 쳤던, 애당초 중고였던 뵈젠도르퍼는 학원으로 옮겼다. 그해 집에 놀러 왔던 친구는 새 피아노를 보고 린쌍의 아내 사랑이 정말 대단하다고 칭찬을 아끼지 않았다.

자수성가형 사업가이다 보니 마음이 조금 쓰린 건 어쩔 수 없었다. 1970년대 호경기를 만난 덕분에 린쌍은 플라스틱 선베드를 팔았을 뿐인데도 자신만의 수출 왕국을 구축할 수 있었다. Made in Taiwan. 린쌍 세대의 중소기업은 모두 그렇게 다양한 가정용 철물 제품과 전자 제품을 팔아 성공했다. 반면 수출용 자동차나 피아노는 제조할 수 없었다.

나무랄 데 없이 잘 조율된 피아노는 연식에 구애받지 않아 오십 년 뒤에도 출고되었을 때와 똑같이 음색이 완벽하고, 심지어 더 좋을 수도 있었다. 강하고 민첩한 마법의 손가락으로 늘 연주된다면 말이다.

뵈젠도르퍼에서 흘러나오는 음이 반짝이는 유리처럼 맑아서 린쌍은 실소를 터뜨릴 뻔했다.

집에 있는 스타인웨이는 섭씨 20도의 이상적인 온도와 42퍼센트의 이상적인 습도를 유지해 줘야 했다. 하지만 지난 반년 동안 그런 필수적인 관심을 피아노에 쏟을 수 없었다.

유배당하듯 이곳으로 옮겨진 낡은 피아노는 세심한 보

살핌을 받고, 집 거실에 있는 스타인웨이 그랜드 피아노는 먼지 쌓인 덮개 밑에서 건반과 현이 변형되고 있었다. 이런 아이러니를 고통스럽게 곱씹다 보니 녹내가 느껴질 정도로 가슴이 아팠다.

(나는 또 혼자만 남았구나. 그것도 예순 살이 넘은 노인으로…….)

린쌍은 어린 시절 집에 있던 야마하 피아노가 생각났다.

여동생은 어렸을 때부터 부모님 성화에 피아노를 배워야 했다. 아버지 세대의 나이 든 의사 모임에서는 나중에 딸이 잘 시집가려면 피아노 연주가 어느 정도 가능해야 한다고 생각했고, 혼수품에 피아노가 있어야 교양 있는 집안이라고 여겼다. 린쌍의 부모는 동생한테 음악적 재능이 없는 것을 몰랐다. 삼 년 내리 대학 입시에 실패하자 동생을 일찌감치 일본으로 보내 버렸다. 린쌍은 슈베르트를 반복해서 연습하던, 머리에 나비 리본을 묶은 여동생의 뒷모습이 생각나곤 했다. 왜 그한테는 동생과 함께 피아노를 배우도록 하지 않았을까? 남존여비 사상을 지닌 부모가 아들에게 걸었던 기대는 국립 타이완 대학의 기계과였다. 린쌍은 부모를 실망시키지 않았다.

린쌍은 에밀리와의 결혼이 어느 정도는 음악과의 어긋난 인연을 보상받고 싶어서가 아닐까 하고 의심할 때도 있었다. 중고 뵈젠도르퍼가 아직 멀쩡한 것을 알면서도 음악가의 집에는 업라이트 피아노가 아니라 그랜드 피아노가 있어야 한다고 생각했다. 이제 와 돌아보면 전적으로 에밀리를 위해서라기보다 모종의 불분명한 허영심이 작용한 것도 같았다.

라흐마니노프 때문에 린쌍은 잠시 기억 속에서 헤어나오지 못했다.

마지막 음의 여운 속에서 연주자의 두 손이 무형의 구름을 타고 날아올라 허공에서 호를 그린 뒤 무릎으로 떨어졌다.

린쌍은 그의 마무리 동작을 문밖에서 조용히 지켜보았다.

그게 린쌍이 내 존재를 처음 인식한 순간일 것이다.

이후 우리는 그 작은 술집에 자주 갔다. 언젠가 린쌍은 플루트나 하프 같은 몇몇 악기가 여자한테 특히 잘 어울리는 것 같다고 말했다.

린쌍은 거구의 남자가 온몸에 힘을 주고 어깨의 악기를 언제라도 부숴 버릴 수 있다는 듯 고개를 기울이는 모습보다 여자가 바이올린을 연주할 때의 단정한 모습을 좋아했다. 반면 첼로는 다리를 벌리는 자세 때문에 여자가 다루면 고상해 보이지 않는다고 여겼다.

심지어 린쌍은 속으로 피아노의 외형이 남자한테 더 적합하다고 생각했다. 특히 그랜드 피아노는 커다란 손과 넓은 어깨와 긴 팔이 있어야 소화할 수 있다고 여겼다.

나는 그제야 문밖에 누가 있는 것을 깨닫고 고개를 휙 돌렸다.

"죄송합니다."

음악 학원을 일 년 넘게 오가는 동안 에밀리를 차로 데려다주는 린쌍을 몇 번 보았지만, 가까이에서 보기는 처음이었다.

운전대 앞에 있던 그 얼굴은 은백에 가까운 머리카락과 잘 어울리고 엄숙하면서 차가운 느낌을 주었다. 그런

데 놀랍게도 페라리에서 내린 린쌍은 나보다 머리통이 반쯤 더 높은 곳에 있었다. 아내를 잃은 남자 앞에서 나는 금방이라도 흘러나올 듯한 동정심이 드러나지 않도록 눈빛을 최대한 제어했다.

"고맙소. 실장님께 들으니 그간 피아노를 잘 돌봐 주셨다고요."

"예전에 맡았던 분이 은퇴하셔서 작년부터야 일했습니다."

이어서 우리 두 사람은 침묵에 빠졌다. 나는 캔버스 가방을 메고 문을 나온 뒤 도로 몸을 돌려 물었다.

"린 사장님, 댁의 스타인웨이는 괜찮습니까?"

2

기원전 530년, 그리스의 수학자 피타고라스는 어느 날 대장간을 지나다가 쇠를 두드리는 소리에 매료되었다. 소리가 귀에 거슬릴 때도 있었지만 의외로 잘 어울릴 때도 있었다. 대장간으로 들어간 피타고라스는 자세히 살펴본 끝에 망치의 중량과 내려치는 힘에 따라 소리가 달라진다는 것을 발견했다.

중량이 2 대 1, 3 대 2, 4 대 3인 망치 두 개를 동시에 두드릴 때 감미로운 화음이 만들어졌다. 이 비율은 건반 악기를 조율할 때 적용하는 기본 원칙이 되었다.

조화로운 두 음은 때리는 힘의 비율로 만들어진 공진이다.

그토록 힘겹게 귀를 얻은 영혼들은 결국 무엇에 감동했을까?

고요한 수면에 돌을 던질 때 일어나는 분자의 진동 같은 것이었을까? 아니면 육체가 없어도 느낄 수 있는, 이미 우주에 존재하는 주파수 같은 것이었을까?

피아노 현의 장력은 한 줄당 평균 73킬로그램이다. 다시 말해 모든 현을 합치면 피아노 한 대가 20톤의 중량을 견딘다는 뜻이다.

피아노가 은은한 음색을 낼 때 본체는 거대한 장력을 감당해야 한다. 조율사와 연주자의 차이는 그 물리적 사실을 다르게 받아들이는 데에 있는지도 모른다.

우수한 조율사는 기계를 사용하지 않고 전적으로 자신의 귀를 믿는다. 그건 매우 드문 자질이다. 기계가 의지하는 평균율은 반음 열두 개를 한 옥타브에서 균일하게 나누기 때문에 사실 모든 음이 12분의 1 반음씩 낮다.

그래서 세상에는 완벽한 음을 가진 피아노가 없다. 연

주자는 조율사가 조정한 건반을 연주할 수 있을 뿐이다.

나는 내 피아노를 가져 본 적이 없다. 남의 피아노를 조율하면서 연주해 보는 걸로 연습을 대신한 지 이미 오래다.

전혀 생각지도 못한 내 연주 실력에 고객들이 당혹해하며 할 말을 잃은 적도 한두 번이 아니다.

어떻게 이렇게 자포자기하듯 일개 조율사에 만족할 수 있는지, 혹은 내가 예전에 어떤 명사의 문하생이었는지 궁금해하는 게 훤히 읽힌다.

그들은 우수한 조율사가 되는 게 절대 쉽지 않은 일임을 모른다. 세상 사람들이 주목하지 않아서 그렇지, 사실 수많은 유명 연주가가 똑같은 조율사를 지명하고 인기 많은 조율사는 연주자보다 훨씬 희소하다.

연주회를 열려는 사람은 수도 없이 많고 배짱만 있으면 누구나 무대에 오를 수 있다. 그런데 조율사는 피아노뿐만 아니라 각각의 피아니스트와 그 연주회의 서로 다른 곡목들을 모두 이해해야 한다. 그들 각자의 연주 스타일과 같은 곡이라도 서로 다른 해석 스타일을 파악해야 하는 것은 더 말할 것도 없다.

내가 꿈꾸는 조율사가 되기 위해서는 지속적인 피아노 연습이 필수적이다.

물론 그런 등급의 조율사는 여전히 꿈에 가깝다.

대우가 좋은 교습 일을 마다하고 남들 눈에 예술가가 아니라 노동자로 보이는 조율사를 선택한 이유는 솔직히 학부모를 상대할 수 없어서이다. 계속 돈을 벌려면 재능이라고는 하나도 없는 아이들을 칭찬하고 격려해야 하는데 나는 그럴 수가 없다.

그보다 더 걱정스러운 사실은 두들긴다고밖에 할 수 없는 그 졸렬한 소리에 내 예민한 귀가 무뎌지고, 심지어 심신까지 되돌릴 수 없게 망가지는 것이다.

스타인웨이를 소유했으니 당연히 회사의 전속 기술자한테 믿을 만한 조음과 정음 서비스를 받을 수 있었다. 하지만 에밀리는 피아노 음색에 만족하지 못했다.

고용주가 병에 걸린 뒤 스타인웨이를 만져 볼 수 없었던 나는 말하면서 피아노 덮개를 열었다. 해머 상태를 살펴보자마자 깊은 탄식이 터져 나왔다. "너무 습하네요."

기술자들은 에밀리의 요구를 이해할 수 없었다. 에밀리는 액션이 너무 시끄럽고 고음부가 약하며 저음부는 마땅히 가져야 할 풍성한 공명이 부족하다고 했다. 그런 문제가 어디 있다는 건지, 에밀리가 바라는 윤기 나는 음색이 무엇인지 기술자들은 알아들을 수 없었다.

저희는 세계 최고의 피아노 브랜드입니다. 그들은 결국 이런 방식으로 대답하고 반문하는 수밖에 없었다. 처음 샀을 때는 이런 문제가 없었잖아요?

하는 수 없이 에밀리는 한번 해보자는 심정으로 조율을 시작한 지 얼마 되지 않은, 음악 학원의 초보자를 집으로 불러 명품 피아노를 맡겼다.

"그래서 당신이 문제를 찾았소?"

내가 공구함 여는 걸 보면서 린쌍은 내 설명에 반신반의하는 표정을 지었다. 에밀리가 이 피아노 때문에 느꼈을 무력감과 실망, 나아가 분노의 감정을 최대한 상상해 보려는 듯했다.

"음정을 맞췄다기보다 음률을 맞췄다고 하는 게 더 적합합니다."

나는 왜 기술자들이 평균율이나 순정률로만 조율하면

충분하지 못한지 계속 설명했다. 때로는 귀에 들리는 배음에 의지해야 합니다. 어쨌든 건반에서 만들어 내는 것은 화음이니까요. 단음은 정확해도 진동 빈도수 때문에 음이 많아지면 충돌이 일어납니다…….

린쌍은 정신을 집중하려 했다. 하지만 아무리 이해하고 싶어도 린쌍에게 전문 용어들은 너무 복잡했다. 더군다나 지난 몇 주 동안 잠을 제대로 못 잤는지 지난번 음악 학원에서 만났을 때보다 안색이 훨씬 초췌했다.

남들은 에밀리가 늘 달콤하고 우아한 미소를 짓는다고 생각했어도 린쌍은 아내가 쉽게 긴장하고 걱정하는 사람이라는 것을 알고 있었다. 그런 린쌍조차 에밀리가 피아노에 불만을 품은 줄은 전혀 몰랐다. 그제야 린쌍은 자신과 에밀리 사이에 숨은 사연이 있음을 알게 되었다.

일상 속에 감춰진 것들이 낱낱이 드러나기도 전에 둘의 결혼 생활은 종지부를 찍었다. 알고 보니 에밀리에게 이 스타인웨이는 원하는 음색을 들려주지 못할 정도로 부족했다.

“하지만 에밀리가…… 아내가 어떻게 그 원인을 모를

수 있지요?"

나는 린쌍이 입가까지 올라온 하품을 몰래 억누르는 것을 놓치지 않았다.

"악기를 연주하는 상당수 사람이 악기를 제대로 이해하지 못합니다."

음악가가 추구하는 완벽함은 너무도 추상적이고 독단적인데 정작 실현되는 곳은 순수한 물리적 기계 장치 위라고, 그 사실을 음악가는 늘 간과한다고 내가 말했다.

린쌍은 더 캐묻지 않았다.

어쩌면 내 대답을 듣고 우리가 논하는 게 피아노가 아니라 그의 남은 인생과 관련된 모종의 계시라고 느꼈을지도 모르겠다.

린쌍의 침울한 표정을 보고 있자니 '낯선 사람한테 내 인생에서 반복되는 무지를 들켰구나, 어떻게 이럴 수 있지?' 하는 린쌍의 혼잣말이 들리는 듯했다.

에밀리와 막 교제하기 시작했을 때 린쌍은 다른 여자 몇 명과도 친분이 있었다.

한 명은 안허루(安和路)에서 일식 주점을 운영하는 사

장이었다. 이혼한 지 얼마 지나지 않았을 때 우연히 가게에 들어간 뒤로 린쌍은 여사장과 십 년 넘게 친분을 유지했다. 그들은 기분이 무겁게 가라앉고 쓸쓸할 때마다 가볍게 만나 서로를 소화기처럼 활용했다. 또 대형 금융 그룹의 홍보 담당자도 만났는데 린쌍은 그녀에게 다른 목적이 없지 않음을 알고 있었다.

그리고 나름 유명한 인테리어 디자이너도 있었다.

어머니가 돌아가신 뒤 린쌍은 어린 시절을 보냈던, 반은 진료소이고 반은 주택인 옛 단층집에 들어가 살겠다고 충동적으로 결심했다. 그런 다음 인테리어 디자이너인 베아트릭스 황에게 (내가 왜 여자들을 영어 이름으로 부르는지 묻지 마시오.) 오래된 주택을 완전히 뜯어고쳐 달라고 청했다. 집은 포스트모더니즘적 향수를 지닌 우아한 건물로 재탄생해 건축 설계 잡지의 표지까지 장식했다. 린쌍은 베아트릭스 황을 위해 새집에서 축하 파티를 열었다. 그게 사랑의 표시인지 아닌지는 중요하지 않았다. 중요한 것은 린쌍이 처음부터 재혼하지 않겠다고 밝혔다는 사실이었다. 어쩌면 린쌍은 인정하지 않을지도 모르지만, 에밀리와 만난 지 육 개월도 되지 않아 결혼식장에 들어선

이유에는 베아트릭스 황과의 관계를 어떻게 정리할지 몰랐던 탓도 어느 정도 있었을 것이다.

비유하자면 연주가가 자기 피아노를 전혀 알지 못하는 상태에서 자기감정에 지나치게 몰입하면 피아노가 심오한 원리 따윈 없이 무거운 타격으로 조종되는 기계에 불과함을 잊어버리는 것과 같았다.

반면 평범한 사람들은 사람 마음이 얼마나 복잡하고 예측하기 힘든지 간과한 채 어떻게 연주할지 가르쳐 주는 악보가 세상에 존재한다고 착각했다.

린쌍은 감정이 생길 때마다 낯선 사람들이 우르르 자기 삶으로 들어오고, 자신은 상대에 이끌려 그녀들의 인맥 속으로 끌려 들어갔음을 내내 알아차리지 못했다. 베아트릭스 황과 만날 때 린쌍의 주변에는 건축 설계사들이 우글거렸다. 또 에밀리와 결혼한 뒤에야 린쌍은 음악가들이 폐쇄적인 무리가 아니라 쉴 새 없이 모이고 각종 연주회나 연회에 끊임없이 참석한다는 사실을 알았다.

린쌍에게는 친구가 많지 않았다.

특히 결혼 후 금융 위기가 터졌을 때 린쌍은 삼십 년

된 회사를 결연히 접으며 드디어 품위 있고 고상한 은퇴 생활을 할 수 있겠다고, 성공한 바이올리니스트의 후원자가 될 수 있겠다고 생각했다. 하지만 결국에는 이해할 수 없는 적막감에 빠졌을 뿐이다.

에밀리와 처음 만났던 밤, 린쌍은 미슐랭 등급의 프렌치 레스토랑에서 거래처 손님 몇 명을 접대하고 있었다. 식사를 마친 뒤 레스토랑에서 마련한 특별 시음회가 열리고 스코틀랜드에서 공수해 온 한정판 위스키가 나왔다. 그리고 현악 사중주단이 시음회 분위기를 돋우었다.

네 명 가운데 유일한 여자인 에밀리는 어깨가 드러나는 검은색 긴 드레스를 입고 머리카락을 우아하게 말아 올리고 있었다. 거래처 손님 중 한 사람이 대뜸 말했다.

"아주 예쁘네요. 이따가 불러서 함께 술을 마십시다!"

린쌍은 무척 난감하고 그런 발상 자체가 수치스럽게 느껴졌다. 대체 사람을 뭐라고 생각하는 건가? 오랫동안 비즈니스 현장을 굴렀어도 린쌍은 어렸을 때 의사 아버지에게 배운 엄격한 가정 교육의 틀에서 완전히 벗어날 수 없었다. 그는 무의식중에 아버지의 가부장주의를 물려받아 여자에게 집적대거나 유흥가에 들락거리는 사람을 경멸했다.

어쩌면 자신감 때문일지도 몰랐다. 183센티미터 장신에 짙은 눈썹과 높은 코, 반백 살이 지났음에도 하늘의 총애로 받은 반짝이는 은발 곱슬머리 덕분에 린쌍은 어디에 가든 눈에 띄었다.

완전히 연주에 몰입해 두 눈을 살짝 감은 에밀리에게 시선을 돌린 순간, 린쌍은 일본에 살며 거의 연락하지 않는 여동생을 떠올렸다. 눈앞의 여자야말로 아버지가 동생에게 바랐던 모습이 아니었겠는가? 중요한 거래처에 밉보일 수 없어서 린쌍은 한참을 망설였지만 결국 일어나 레스토랑 사장에게 그 수치스러운 요구를 꺼냈다. "다른 뜻은 없습니다. 무척 재능 있는 듯해서……." 말할수록 자신이 시껴메지는 듯했다.

사장은 익히 겪어 본 상황인지 히죽거리며 대꾸했다. "아가씨 혼자 가서 앉으라고 하면 좀 그렇지요……. 린 사장님, 차라리 이러면 어떨까요? 제가 옆에 테이블을 하나 더 놓고 연주자 네 명을 모두 부르겠습니다. 저들에게 로열 설루트 한 병을 대접하면 좋지 않을까요?"

에밀리가 다른 세 남자와 테이블로 와서 함께 술잔을 들었을 때 린쌍과 시선이 마주쳤다. 에밀리는 린쌍이 자신을 난처하게 만들지 않을 한편임을 아는 듯했다. 아니나 다를까 린쌍은 가부장적 성격이 발동해 거래처고 뭐고 더는 상관하지 않고 옆 테이블의 의자를 끌어다 에밀리를 자기 옆에 앉혔다.

정말로 영혼의 주파수와 진동이 그렇게 호응할 때가 있음을 짚고 넘어가지 않을 수 없다. 오랫동안 음악을 접한 에밀리의 귀가 그 순간 두 영혼이 진동하며 울리는 소리를 놓쳤을 리 없다.

하지만 에밀리는 자신의 연주를 들을 수 없었고 피아노 음정에 무슨 문제가 있는지도 알아낼 수 없었다.

린쌍이라는 안식처가 생긴 뒤 에밀리는 그토록 바라던 연주가의 삶을 마침내 누릴 수 있게 되었다. 어렸을 때부터 음악 영재반이었고 외국에서 석사 학위까지 취득했지만, 에밀리는 여전히 몇몇 대학의 음악과 강사에 불과해 동료들과 현악 사중주 앙상블로 활동할 수밖에 없었다.

린쌍에게 음악에 대한 조예가 조금만 더 있었어도 내

가 들은 것을 그도 들을 수 있었을 것이다.

그렇게 내면의 기본음이 불안정하면 자기 영혼의 주파수와 화음을 이룰 수 없다.

작업을 마친 나는 공구를 챙기기 시작했다.

가을 오후의 햇살이 비스듬하게 통유리창으로 들어왔다. 창밖에는 가지가 무성한 오동나무 한 그루가 있었다. 시내에서 이렇게 넓은 정원을 가질 수 있는 사람은 얼마 되지 않았다. 조율할 때 집중한 탓인지, 빛이 좀 뜨거웠는지 온몸이 살짝 땀에 젖었다. 나는 나도 모르게 야구 모자를 벗고 바람을 쐬었다.

"이렇게……."

린쌍이 말을 꺼내다가 난감한 표정을 지었다.

"왜요?"

린쌍은 내가 야구 모자를 쓰고 있어서 이십 대 젊은이인 줄 알았다고 했다.

아닙니다, 벌써 사십 대인걸요. 내가 대꾸했다.

이미 번들번들한 정수리는 어떻게 해도 숨길 수 없었다. 누구나 그처럼 하늘의 총애를 받아 육십 대인데도 멋진 은발을 가질 수 있는 게 아니었다. 나는 서른 살 무렵부터 이미 탈모가 시작되었다. 내가 그의 눈에 어떤 꼬락서니로 비칠지 뻔했다. 대머리일 뿐만 아니라 커다랗고 볼품없는 귀에 온 얼굴에는 사춘기 때 여드름이 휩쓸고 간 자국과 흉터까지 잔뜩 있었다.

이렇게 보잘것없는 외모가 아니었다면 그가 전혀 모르는 상태에서 아내의 조율사가 여러 차례 자기 집을 드나들었다는 것에 린쌍은 수컷의 본능에 따라 내게 물음표를 던졌을 게 틀림없었다.

린쌍이 지갑을 꺼냈다. 나는 됐다고, 마지막 서비스로 생각해 달라고, '천 선생'의 신뢰에 무척 감사하며 이렇게밖에 보답할 수 없다고 말했다.

3

여기까지 읽은 사람이라면 린쌍이라는 인물이 나보다 훨씬 흥미롭다고 느낄 게 분명하다. 그렇지 않은가?

나는 주제 파악을 잘하는 사람이다. 나는 이 이야기의 주인공으로 어울리지 않는다. 이런 작은 지혜마저 없었다면 내 인생은 지금보다 훨씬 보잘것없었을 것이다.

말은 이렇게 해도 이야기의 서술자로서 나는 이 작업과 피아노 조율 사이에 비슷한 점이 있다는 걸 발견했다.

불멸의 악장은 영혼을 꿰뚫을 수 있다. 그럴 때 사람들은 작곡가의 넘치는 재능과 연주자의 뛰어난 실력만 기억하지, 누구도 조율사의 역할을 떠올리지 않는다. 사실 조율사도 분수를 알아서 뒤로 물러나는 데 익숙하다.

성공한 공연에서 정확한 음률과 조화로운 음색이 빠질 수 없듯 이야기가 매력을 발산하기 위해서는 절제를 아는 서술자가 필수적이다. 그런 서술자는 조잡하고 자질구레한 부분을 잘라 내거나 주제와 문장 사이의 리듬을 조정하되, 함부로 기름칠하거나 자의적으로 좋은 결말을 만들어 내지 않는다.

내가 아무리 스스로를 감추는 데 익숙해졌어도 무슨 일이든 전문적이고 기본적인 요건이 필요하다는 것은 잘 알고 있다. 연주자가 공연에 만족하지 못할 경우 조율사는 비난에서 벗어나기 힘들다. 마찬가지로 어떤 이야기가 독자에게 즐거움이나 믿음을 줄 수 없다면 서술자도 일정한 책임을 져야 한다.

따라서 일인칭을 완전히 포기한다든가 어떤 질의나 비판도 수용하지 않는 것은 책임 있는 서술자의 행동이라고 볼 수 없을 것이다. 역시 나에 대해 어느 정도는 밝히는 게 옳을 듯하다.

사실 나는 음악적으로 천부적인 재능을 갖고 있다.

어떻게든 숨기고 싶었던 비밀이지만 역시 밝히지 않을 수가 없다.

비밀이 된 이유는 처음부터 숨기겠다고 마음먹어서가 아니라 시간이 흐르면서 관심을 두거나 거론하는 사람이 없어져서이다. 이제는 나만 기억할 뿐, 더는 누구에게 설명하고 싶지 않은 과거가 되었다.

예전에는 내 천재성도 비밀이 아니었다. 내가 다닌 초등학교에서는 누구나 아는 사실이었다. 시간이 너무 오래 돼 더는 기억하는 사람이 없을 뿐이다.

초등학교 2학년 때 음악 시간이 끝난 뒤 다른 친구들은 우르르 교실을 나갔지만, 나는 피아노로 가서 선생님이 수업 때 가르쳐 준 노래를 쳤다.

마침 다음 수업을 준비하러 들어온 선생님이 그렇게 어린 내가 단음의 선율이 아니라 화음을 맞추는 걸 보고 깜짝 놀랐다.

얼마 지나지 않아 그들은 내게서 특별히 예민한 귀와

또래를 한참 뛰어넘는 악보 기억력을 발견했다.

또 건반을 누르는 내 손은 다른 아이들보다 훨씬 크고 길었다. 나는 음악 신동의 천성적인 충분조건을 갖고 있었다. 가정 환경을 제외하면 말이다.

우리 부모님은 가정 방문을 온 선생님을 비웃었다. 피아노를 치는 게 뭐가 대단합니까? 전쟁터에서 총알을 더 빨리 피할 수라도 있나요?

8·23 포격전* 때 한쪽 눈을 잃은 아버지는 퇴역한 뒤 진먼(金門)에서 현지 아가씨와 결혼했다. 그런 다음 지금은 철거된 타이베이의 불법 건물로 들어가 만둣집을 운영하며 다섯 아이를 부양했다. 아버지 계획에 따르면 아들 셋은 때가 되면 사관 학교에 입학해야 했다. 딸 둘은 자기 능력에 따라서 공부를 잘하면 사범 전문학교에 들어가 국비로 다니고 공부를 못하면 열일곱 살 때 시집가야 했다.

내 천재성은 아버지에게 일말의 자긍심도 주지 못했다. 오히려 아버지 인생에서 언제든 터질 수 있는, 불효와 배반으로 끝날 수 있는 위협으로 여겨졌다. 우리 부자 사

* 1958년 8월 23일 중국 인민 해방군이 진먼의 중화민국 국군에 포격을 가한 전투.

이에서는 일촉즉발의 폭력과 긴장이 시종일관 도사리고 있었다.

나는 단 하루도 전문적인 음악 수업을 들을 수 없었다.

그래도 내 처지를 안타까워하며 자발적으로 가르쳐 주는 호의적인 선생님들이 늘 있었다. 덕분에 나는 머릿속 음표에 의지해 검고 흰 건반을 상상하며 탁자에서 악보의 운지법을 연습할 수 있었다. 그건 내게 전혀 어려운 일이 아니었다.

아무것도 모르는 어린 시절에는 나의 설명할 수 없는 재능을 특별하게 생각한 적이 한 번도 없었다. 자전거를 타거나 휘파람을 부는 것처럼 어떤 아이든 배울 수 있는 기술이라고 생각했다.

집에서 아버지는 돌연변이 같은 나를 어떻게 대해야 할지 몰랐다. 만둣집 구석에 박혀 간질 환자처럼 허공에서 손가락을 움직이는 나를 볼 때마다 아버지는 까닭 없이 치솟는 분노를 참지 못했다.

학교에서 선생님이 한 푼도 받지 않고 방과 후에 내게 피아노를 가르쳐 주는 것도 남의 이목을 끌었다. 다른 아이들은 수업료를 내고 피아노를 배웠다는 걸 나는 나중에야 알았다.

중학교에 입학한 뒤 경쟁이 치열한 음악반에 들어갈 수 있도록 부모들이 아이들을 데리고 사방으로 레슨을 받으러 다닐 때도 나는 이유를 몰랐다. 피아노는 신기한 공명을 즐기기 위한 개인적인 오락일 뿐인데 왜 점수를 따려고 각축전을 벌이는지 이해할 수 없었다.

나는 갈수록 조용한 아이로 변해 갔다.

초등학교 졸업을 앞두고 음악 선생님이 피아노 독주회에 데려갔다. 피아니스트는 쇼팽 국제 피아노 콩쿠르에서 우승한 이십 대 초반의, 나처럼 노란 피부에 검은 머리카락을 가진 청년이었다.

베트남 하노이 사람으로 원래는 가난한 집 아이였다고 선생님은 알려 주었다. 좋은 스승을 만나 모스크바 음악원에 들어간 뒤 몇 년 만에 유명해졌다고 했다.

기적에 가까운 그 이야기는 당시 내 마음에 어떤 부러움이나 동경도 불러일으키지 못했다. 하노이든 모스크바든 내게는 너무 추상적이고 요원했다. 그 남자의 손가락

아래에서 보석 같은 빛이 쉴 새 없이 뿜어져 나오던 것만 기억에 남았다. 그때 내 평생 처음으로 누군가의 라이브 연주를 듣고 눈물을 흘렸다.

연주회가 끝난 뒤 선생님은 둔화베이루(敦化北路)의 '푸리(福樂)'로 데려가 아이스크림 선데도 사 주었다. 나는 그날 오후를 오래도록 잊을 수 없었다. 추(邱) 선생님의 긴 머리카락이 햇살에 부드럽게 반짝이는 걸 보자 연주회 무대의 검게 빛나는 그랜드 피아노가 계속 떠올랐다.

내가 입가에 아이스크림을 잔뜩 묻혀 가며 신나게 먹는 걸 보고 추 선생님은 손수건으로 입가를 닦아 주었다. 그러면서 혼잣말처럼, 내가 지금까지도 잊을 수 없는 그 말을 중얼거렸다.

어휴, 그래 봐야 아직 어린애잖아.

그때 나는 이미 베토벤의 「월광 소나타」를 연주할 수 있었다.

아이스크림을 먹은 뒤 우리는 넓게 뻗은 둔화베이루의 인도를 천천히 걸었다. 내가 잠자리를 쫓아 앞쪽에서 뛰고 있을 때 선생님이 갑자기 불러 세웠다.

포기하지 않고 계속 피아노 치겠다고 선생님한테 손가

락 걸고 약속해 줄래?

그때는 그게 얼마나 무거운 약속인지 전혀 몰랐다. 몇 년 뒤 돌아보니, 그 애틋한 탄식이 내 인생의 방향을 결정했다.

선생님은 사비를 털어 자신의 대학 스승에게 나를 받아 달라고 부탁했다. 하지만 음악 외의 다른 성적은 모두 좋지 않아서 중학교 취업반에 들어간 내가 어떤 생활을 하고 있는지 선생님은 상상조차 할 수 없었다.

불행하게도 나는 넘치는 정력을 주체하지 못하는 학급 야수들한테 왕따로 찍혔다. 한 수업이 끝날 때마다 다가올 십 분 동안 어디에 숨어 있어야 그들에게 당하지 않을지 걱정해야 했다. 당시 나는 대나무처럼 마른 데다 얼굴에 여드름까지 가득해 정말 사람 꼴이 아니었다. 방과 후에 계집애처럼 피아노나 치러 다니는 걸 그들에게 들킬까 봐 전전긍긍했다.

열네 살밖에 되지 않았던 나는 그런 소란을 피해야 한다는 것만으로 이미 기진맥진한 상태였다. 더군다나 매일 귀청을 때리는 주방의 돼지고기 다지는 소리, 손님들이 주문하거나 계산하는 소리, 호르몬 넘치는 친구들의 짓궂은 놀림, 거리를 가득 메운 엔진 소리, 스피커 소리까지……. 너무 지친 나머지 나는 어디든 조용한 곳에서 이어폰을 꽂고 그 끔찍한 음울함을 밀어내고 싶었다. 좀 더 멀리, 가능하면 더 멀리, 최대한 아주 멀리…….

품위 있어 보이는 그 교수는 수시로 학생들에게 추가 비용을 받아 양밍산(陽明山)의 자기 집에서 허세 가득한 피아노 다과회를 열었다. 비용을 낸 친구는 그날 주인공이 되어 손님들에게 독주를 선보일 수 있었다.

왜 무대에 선 학생들보다 다과회에 온 부모들이 더 긴장한 듯 보였을까? 나는 나중에야 교수가 부모들에게 아이들을 위해 일찌감치 좋은 관계를 맺으라고 암시했음을 알았다. 다과회는 꼭 필요한 투자로 그는 늘 '소중한 의견'을 제시해 줄 '중요한 인물'을 초대했다.

지금 나는 그럴싸한 이름을 하나도 제시할 수 없다. 그들은 모든 연주자에게 아낌없이 칭찬을 퍼부었지만, 단 한 사람도 고전 음악계의 차세대 스타로 떠오르지 못했다. 분위기를 파악하지 못한 나만 평범한 연주에 조심성

없이 하품하거나, 그들 옆을 지나다가 허위로 가득한 미사여구를 듣고 비웃음을 터뜨렸다.

비용도 안 내고 태도까지 불량하니 나는 학생들에게 해악을 끼치는 골칫거리로 여겨졌다. 하지만 추 선생님한테도 내가 발견한 그 우스운 내막을 털어놓을 수 없었다.

선생님도 똑같은 입문식을 치르지 않았을까? 그들을 향해 경멸감을 드러내면 추 선생님을 조롱하고 상처 주는 것이 아닐까? 선생님도 국제적으로 이름을 날리고 쇼팽 피아노 콩쿠르 무대에 오르는 꿈을 꾸었을까?

그러면서 한편으로는 안도감도 들었다.

마침내 나는 내가 그 세계에 속하지 않는 사람임을 알았다.

4

숲으로 들어가 웅장한 나무들 가운데 한 그루를 고르면 벌목공이 베어 목재소로 보낸다.

이어서 설계사가 공명 상자와 음향판의 틀을 구상하고 목수와 대장장이가 작업을 시작한다. 현을 한 줄씩 걸고 나사를 하나씩 박아 액션을 만든 뒤 소용돌이무늬를 살린 본체까지 만들면 마지막으로 조율사가 음을 맞춘다.

피아노 한 대가 그렇게 만들어진다.

피아노가 그저 기계식 물건이라는 말에 동의하지 않는 사람이 있을지도 모르겠다. 벌목공부터 마지막 운반자까지 각각의 참여자가 그 복잡하고 정교한 과정 속에서 피아노에 독특한 영성을 준다고 생각하기 때문이다. 그들은 피아노가 자동차나 텔레비전과 다르다는 사실을 알고 있다. 자동차나 텔레비전에서는 신비하고 신성한 빛이 나오지 않는다.

하지만 빛이 난다고 세상의 모든 피아노가 저마다 음이 다르다는 사실까지 바뀌지는 않는다. 반면 대다수 사람은 그 사실을 모른 채 자기들이 듣는 음이 전부 표준적이고 완벽하다고 확신한다. 이것이 바로 문명의 힘이다.

솔직히 말해, 인간도 태생적으로 완벽하지 못한 또 다른 물건에 불과하다. 우리도 똑같이 영혼이나 신성함, 사랑, 아름다움 등 추상적인 말로 포장되지 않는가?

문명은 늘 우리한테 사물을 무조건적으로 숭배하면 된다고, 절대 의심하지 말라고 주입하지 않는가?

나를 입문시킨 조율사 선생님은 피아노와 연주자와 조율사의 관계를 두고 결혼 상담사와 부부 같다고 말한 적이 있다.

신경질적인 연주자와 불완전한 피아노가 짝지어졌을

때, 조율사는 그들이 앞으로 함께 이룰 수 있는 행복한 모습을 제시할 막중한 책임을 지게 된다.

여기에서 핵심은 조율사 스스로 완벽할 필요는 없다는 점이다. 조율사는 결함 있는 두 물건이 내는 진동을 두 귀로 들을 수 있으면 충분하다.

나한테 왜 연주자로서 더 발전하려 노력하지 않고 조율사가 되기 위해 열심히 공부했느냐고 묻는다면 이게 답이 될지도 모르겠다.

스타인웨이를 조율하고 관리를 받은 날 밤, 린쌍은 뜻밖에도 깊은 잠에 빠질 수 있었다. 이튿날 아침에는 몇 주 동안 쌓인 피로가 꽤 많이 풀린 기분까지 들었다.

커피를 홀짝이며 거실의 피아노를 쳐다보고 있자니 린쌍의 머릿속으로 지난밤의 꿈이 천천히 떠올랐다. 꿈속에서 에밀리는 처음 만났을 때처럼 어깨가 드러난 드레스를 입고 피아노 옆에서 바이올린을 연주했다. 소리도 들리지 않고 표정도 흐릿했다. 똑똑히 보려 할수록 점점 희미해졌다.

꿈에서 시선을 옆으로 옮겼을 때 린쌍은 피아노 반주

자가 에밀리와 오랫동안 호흡을 맞췄던 여자가 아니란 걸 발견했다. 심지어 그 낯선 사람은 형체와 얼굴이 계속 변하기까지 했다. 에밀리가 활을 멈추고 웃으며 소개해서 다시 쳐다보자 피아노 앞에 있는 사람은 어느새 야구 모자를 쓴 남자로 바뀌어 있었다.

린쌍은 그 꿈이 음악 학원을 그대로 닫지 말라는 모종의 암시가 아닐까 생각했다.

어제 조율사가 떠나기 전에 나눴던 마지막 대화가 떠올랐다.

린 사장님, 음악 학원의 뵈젠도르퍼를 파시면 제게 알려 주시겠습니까?

그걸 사고 싶은 거요?

아니요. 저는 그런 능력이 없습니다. 그저 음, 어디로 가는지 알면 제가 계속 조율할 수 있을지도 몰라서요.

(피아노에 감정을 이입하다니……!)

린쌍은 어쩐지 상대의 마음을 충분히 이해할 수 있을 듯했다.

어쨌든 장사꾼 출신이라 음악 학원 자리에 몇 가지 대안을 가지고 있었지만, 린쌍은 줄곧 결정을 내릴 수 없었다. 최선은 누가 인수해 주는 거였다. 하지만 에밀리가 심혈을 기울인 곳에 다른 사람의 간판이 걸리면 그것 역시 죄책감이 들 것 같았다. 임대 계약은 아직 일 년이 남았는데 업종을 바꾼다고 해도 그 장소에 적합한 사업 아이템이 떠오르지 않았다.

그러던 중 조율사의 바람이 생각지도 못했던 일을 상기시켰다.

공간을 완전히 비울 때 야마하 몇 대는 중고로 팔면 그만이지만 뵈젠도르퍼는 어쩐단 말인가? 그건 에밀리의 음악 인생 전체를 대변했다.

스타인웨이가 에밀리와 함께한 시간은 오 년도 안 되지만 그 오래된 피아노는 삼십 년 가까이 됐다. 하지만 그가 어떻게 피아노 두 대를 유지한단 말인가? 부모님이 남겨 준 이 오래된 집에는 피아노를 더 놓을 공간이 없었다.

여러 방안을 다시 한번 살펴보던 린쌍은 또 다른 서글픔의 소용돌이에 빠지고 말았다.

(그러니까 나는 계속 이렇게 혼자 지내야 하나?)

린쌍은 실내를 둘러보며 피아노 두 대를 모두 놓았을 때 어떤 모습이 될지 상상해 보았다. 피아노 두 대 때문에 통로가 모두 막혀 오가지 못하게 되면 그게 무슨 인생이란 말인가?

수업은 이미 다 끝났고 학원 실장과 회계사만 낮에 출근해 집기를 정리하고 장부를 처리하고 있었다. 밤이 되면 음악 학원은 텅 빈 적막에 빠졌다.

린쌍은 밤마다 음악 학원에 나가 혼자 앉아 있는 습관이 생겼다. 특히 그 뵈젠도르퍼 앞에 앉아 있었다.

생전에 아내가 집의 스타인웨이를 놓고 신경질적으로 굴었다는 이야기를 조율사한테 듣고 나자 린쌍은 그 피아노가 점점 낯설게 느껴졌다.

(왜 나한테는 한 번도 말하지 않았을까?)

린쌍은 피아노 앞에 앉은 에밀리의 모습을 기억 속에서 열심히 찾아봤지만, 신혼 초 학생을 가르치면서 합주하던 단편적인 모습밖에 떠오르지 않았다. 학생들이 나중에 어떻게 됐는지는 몰라도 자기 선생님이 이미 세상을 떠난 줄은 모를 듯했다.

집 피아노를 뵈젠도르퍼에서 스타인웨이로 바꾸고 나자 에밀리는 학생을 더 받지 않겠다고 말했다. 린쌍은 두말할 것도 없이 에밀리의 결정을 지지하면서 본인 연주에만 집중하라고 격려했다.

그런 다음에는 열정적으로 에밀리의 독주회를 준비했다. 음악 평론을 고정적으로 싣는 언론 매체가 없다 보니 에밀리의 공연도 큰 반응을 일으키지 못했다. 표의 40퍼센트는 여기저기 선물하고 40퍼센트는 린쌍의 오랜 사업 관계자들에게 떠맡겼다. 나머지 20퍼센트만 직접 표를 구매한 청중이었다. 린쌍은 그들이 대체 어떤 사람들인지 늘 신기하게 느껴졌다.

전혀 모르는 사람이 포스터만 보고 찾아왔던 걸까? 아니면 먼발치에서 묵묵히 지켜보던 오랜 지인들이었을까?

두 사람이 결혼하지 않았다면 그도 어느 날 우연히 에밀리의 연주회 소식을 들었을 때 조용히 표를 사서 들어가지 않았을까?

국제적 명사의 연주회부터 이름이 전혀 알려지지 않은 학생들의 연주회까지 린쌍은 에밀리와 수많은 연주회에 다녔다. 연주자가 학생일 경우 현장은 친구와 가족들이 주를 이루었다. 린쌍은 앞뒤 좌우의 엄마들 입을 통해 누구네 아들이 유럽에 갔다느니, 누구네 딸이 누구네 아들과 결혼했다느니 등등의 소문을 엿들을 수 있었다. 하지만 그날의 연주자에 대한 말은 절대 나오지 않았다. 그래야 칭찬하지 않으면 안 되는 어색함에서 조금이나마 벗어날 수 있는 듯했다.

그와 달리 유명한 대가의 연주회장에서는 완전히 다른 기현상이 펼쳐졌다. 연주회만 참석하면 국제적으로 접점이 생기고 명사와 친분이 생긴다는 듯 사람들이 구름처럼 몰려들었다. 조금이라도 사회적 지위가 있다고 생각하는 사람들은 모두 그런 이색적인 가족 모임을 놓치지 않으려 했다.

린쌍은 스스로가 장사꾼에 불과함을 잘 알았고 성격도 그다지 싹싹한 편이 아니라 공연 시작까지 시간이 있어도 자리를 떠나는 법이 없었다. 에밀리 혼자만 유명 인사들과 인사를 나누었다.

린쌍은 자신이 에밀리의 결혼 전 과거를 잘 모른다는 사실을 인지하고 있었다.

어쨌든 에밀리보다 스무 살이나 많으니 잘 모르면 또 어떠냐고 생각했다. 오랜 사회 경험으로 비추어 볼 때 반드시 알아야만 안심할 수 있는 대단한 일이란 없었다. 인생은 싸우면서 물러나는 것에 불과했다. 게다가 린쌍이 성장할 때만 해도 음악을 전공했다는 말은 모종의 가정교육이 보장되었다는 뜻이었고, 미국에서 예술 학위까지 받은 에밀리는 그가 기존 생활권에서 만날 수 있는 이성들과 비교할 때 상대적으로 훨씬 단순했다.

린쌍의 주변에 아무것도 바라지 않는 여자는 없었다.

에밀리도 예외가 아니었다. 그렇지 않았다면 뭐가 그렇게 한가해서 자기보다 스무 살이나 많은 늙은 남자와 식사하러 나왔겠는가? 주고받는 것 없이 어떻게 사람과 사람 사이에 진정한 관계가 생기겠는가?

사실 베아트릭스 황은 자신의 낭만적 상상 속에만 존재하는 남자 외에는 부족한 게 하나도 없었다. 린쌍과 같은 학교 출신에 외국어를 전공한 수재였던 전처는 나중에 헤어진 뒤 미국 네트워크 산업에 진출해 원하던 모든 일을 이루었다.(아, 입만 열면 욕하고 온몸에 문신을 새긴 그들 아들만 제외하면.) 전처는 린쌍보다 결혼이라는 굴레에 훨씬 부적합한 사람 같았다. 그런데 여성주의자면 어떻고 남성 우월주의자면 어떤가. 그건 옳고 그름과 상관없는 성향이고 어떤 사람에게는 바로 그런 성향의 상대가 필요할 수도 있었다.

린쌍이 제멋대로에 충동적인 듯 보여도 사실은 관대하면서 외로운 사람이라는 걸 에밀리라고 어떻게 몰랐겠는가?

마음대로 안 된다고 그쪽 체력에 문제가 있다고 단정할 수는 없다. 사람이 늘어나면 걱정도 늘어나는 법이고, 걱정은 그 자체로 힘든 일이다.

예전에는 왜 이런 걸 느끼지 못했을까?

린쌍은 후회가 아니라 죄책감만 들었다.

이제 와 돌아보니 세속적인 성향이 분명했던 다른 여자들과 달라서 그가 에밀리의 마음을 쉽게 눈치채지 못한 것도 같았다.

뵈젠도르퍼 앞에 가만히 앉아 있자 린쌍은 아내의 결

혼 전 희로애락을 정말로 이해하는 것은 이 피아노밖에 없겠다는 생각이 들었다.

어린 시절의 슈만부터 사춘기의 베토벤까지, 출국 전은 물론 귀국한 뒤까지, 복수 전공을 할 때부터 바이올린을 선택한 이후까지, 학생 때부터 선생이 되고 나서까지…….

누군가의 아내가 되기 전날 밤 에밀리는 이 피아노 건반에 무슨 말을 남겼을까?

피아니스트를 포기하는 게 에밀리에게는 힘든 일이었을까?

음악 학원을 정리하기 전까지 린쌍은 내게 자주 문자를 보내왔다. 연주하러 오겠나? 언제든 환영이오.

내가 학원에서 연습할 때면 린쌍은 늘 의자를 가져와 옆에 앉았다. 감상한다기보다 그 피아노에서 모종의 치유를 받는 듯했다.

린쌍이 매일 거실에서 혼자 스타인웨이를 마주하는 광경이 눈에 선하게 그려졌다. 그런 상태가 오래되면 환각이 생길 게 뻔했다. 그래서 린쌍이 피아노에서 가끔 소리가 들리는 듯하다고 말했을 때 나는 전혀 놀라지 않았다.

린쌍은 오래된 피아노 같았다. 그 자신은 모르겠지만.

어쩌면 바로 그런 이유로 린쌍에게 피아노 소리가 들리는 듯한지도 몰랐다. 아무도 연주하지 않는 피아노는 린쌍이 인정하기 싫어하는 자신의 모습이었다.

음악 학원 문을 잠근 뒤 린쌍의 단골 맥줏집에 함께 갈 때도 있었다.

장소가 바뀌면 마음이 조금 편안해지는지 린쌍은 천천히 말이 많아지곤 했다. 린쌍은 맥줏집이 이십 년 가까이 되었다며 혹시라도 가게를 유지하기 힘들어질까 봐 가능한 한 자주 찾는다고 했다.

항상 혼자 오십니까? 나는 스무 살을 뺀 린쌍의 모습을 상상하며 물었다.

막 이혼하고 한동안은 술친구들과 진탕 어울렸지. 에밀리를 만나 사귀기로 할 때까지 말이네.

린쌍이 말한 술친구란 사업을 막 시작했을 때 만난 선배들이었다. 젊을 때 린쌍은 그 선배들과 왕래하면서 사업상 도움을 받기도 했다. 주식계의 큰손, 은행장, 무기 거래상, 언론사 사장인 그들은 정권이 어떻게 바뀌든 무탈하게 살아남을 정도로 정치적 힘까지 지닌 유력 인사들이었다.

그들 무리의 친분이 어느 정도인지 제대로 파악하지 못한 채 린쌍은 처음에는 모임에 초청받은 걸 엄청난 영광으로 여겼다. 하지만 결국에는 밤새 쓸데없는 말만 늘어놓거나 자기 말만 하고, 이야기가 시들해지면 술잔을 높이 들며 "건배!" 하고 외칠 뿐임을 발견했다. 그렇지 않은 적이 한 번도 없었다. 하지만 후배로서 린쌍은 성질을 억누르며 끝까지 자리를 지키는 수밖에 없었다.

그 형님들 눈에 당시의 린쌍은 사업상 동맹을 맺을 만한 신예이자 술자리의 훌륭한 청중이었다. 더 중요한 점은 나이가 한참 어리기 때문에 린쌍이 항상 고주망태로 취한 그들을 책임지고 집에 보내 준다는 거였다.

에밀리가 그들을 싫어했나요?

아니……. 린쌍은 어떤 상념에 혀를 데기라도 한 듯 잠시 멈춰서 생각에 잠겼다가 말했다. 여자한테는 단짝 친구가 있어도 남자에게는 없지 않나? 헤어지면 헤어지는 거고, 아쉬워하지도 않지. 아닌가? 남자가 남자한테 보고 싶다고 말하는 걸 들어 본 적 있나? 하하하.

나는 뭐가 우스운지 알 수 없었다. 백거이의 「원미지에게 보내는 편지」를 읽어 보지 못했느냐는 말이 목구멍까지 올라왔지만 도로 삼켰다. 그의 앞에서 늘 말을 삼키는 버릇이 이때 생긴 게 아닐까 싶다.

옛 친구들과 왜 안 만나세요?

지금 같은 때가 아니라 원기 왕성했던 시절에나 만날 만한 사람들이니까. 린쌍이 대답했다.

린쌍은 당시 선배들의 나이를 이미 오래전에 넘어섰다. 언제부터인가 모임 장소가 맥줏집이나 선술집이 아니라 정통 타이완 식당의 독실로 바뀌었다. 이미 여든 살을 바라보면서도 그들은 여전히 상대를 인정하려 들지 않았다. 에밀리의 사십구재를 끝낸 뒤 린쌍은 어떻게든 털고 일어나리라 스스로 다짐하는 차원에서 그들과 약속을 잡았다. 거의 이 년 만에 만났기 때문에 그들은 서로의 근황부터 물어보았다. 린쌍의 차례가 되어 입을 열자 몇 마디 만에 분위기가 썰렁해졌다. 에밀리가 췌장암이었습니다.

반년 전에 발견했지요. 에밀리가 떠난 뒤 저는 지금…….

린쌍은 말을 이을 수 없었다.

나이 많은 형들이 몇 마디 위로해 줄 것이라 기대했는데 반응이 시큰둥했다. 마치 린쌍이 아까 차가 막혔다거나 어디에 괜찮은 식당이 새로 생겼다고 말하기라도 한 듯 무덤덤했다. 곧이어 노인들은 옆 사람과 중간에 끊어진 대화를 왁자지껄하게 이어 갔다.

그제야 린쌍은 그들에게 죽음이란 별로 새로운 일이 아님을 알았다. 그들은 에밀리가 누구인지조차 모르는 듯했다. 린쌍과 에밀리의 결혼 생활은 너무 짧았다. 그들 중 누가 결혼식에 왔었는지 린쌍 역시 기억나지 않았다.

린쌍은 자신이 대체 무엇을 기대했던 건지 알 수 없었다. 애당초 속마음을 드러낼 필요 없이 잡담만 주고받는 사이라서 이 나이 많은 남자들과 식사를 하려던 게 아니었던가.

그때 가장 연장자인 무기 거래상 자오(趙) 형이 불쑥 한마디를 던졌다. "관에는 노인이 아니라 죽은 사람을 넣는 거라고." 그러자 옆에 있는 사람이 누가 죽었느냐고 물었다.

"린쌍의 처!"

"오래전에 이혼하지 않았어?"

말을 마친 뒤 린쌍은 못 참겠다는 듯 웃음을 터뜨렸다.

그런 대화를 통해 나는 린쌍이 고지식한 사람이 아님을 발견할 수 있었다. 때로는 린쌍이 술주정하는 모습을 그려 보기도 했다. 린쌍이 말하는 당시는 지금의 내 나이인 듯했다.

이제 린쌍은 모임에서 가장 어린 막내 역할을 할 수 없었다. 마음으로만 따지면 린쌍이 그 자리에 있는 누구보다 더 늙었을지도 몰랐다.

원래 일정한 나이가 지난 뒤에는 지혜가 실제 나이에 맞춰 성장하지 않아. 모두 똑같이 노인이라 적힌 패를 받을 뿐, 예순 살이나 여든 살이나 차이가 없지.

나는 한참 동안 린쌍의 탄식을 듣고 있었다.

한번은 린쌍이 외국 출장을 갔다가 한밤중에 타이베이로 돌아왔는데 배가 무척 고팠다. 그 시간이라면 자주 가는 맥줏집만 문을 열었을 듯싶었고, 맥줏집 사장은 단골 손님이 요청하면 간단한 음식을 몇 가지 만들어 주곤 했다. 그래서 단골 맥줏집을 찾아간 린쌍은 다들 '의장'이라 놀리는 장(張) 형이 혼자 구석에 앉아 있는 걸 발견했다.

왜 다른 사람은 안 불렀어요? 장 형이 웃으며 애매하게 괜찮다고 대꾸했다. 그 말의 숨은 뜻을 이해하지 못한 린쌍은 눈치 없이 또 물었다. 지난번 그 술집에 가서 아가씨와 마시지 않고요? 혼자 마시면 너무 심심하잖아요!

린쌍이 앉아 대작하는데 뜻밖에도 장 형은 입을 거의 열지 않았다. 의장이라 불리며 큰 소리로 떠들던 평소와 완전히 달랐다. 불현듯 린쌍은 그 나이 많은 형들도 진심으로 상대를 대했던 게 아님을 깨달았다. 린쌍이 합류한 이후에야 난로에 불씨가 생긴 것처럼 그들 사이에서 공허하고 과장된 흥이 일었던 거였다. 후배라는 청중이 생긴 뒤에야 그들은 한층 기운을 차릴 수 있었다. 사람은 나이가 들수록 체면을 따지고 정말 외로움이 밀려들 때는 혼자 숨는 것밖에 못 하는 존재였다.

늙은 남자 혼자 술 마시는 모습이 정말 처량하더군. 린쌍이 말했다. 당시 나는 자유를 막 되찾았을 때였고 주변에 여자가 부족하지도 않았네. 나도 늙을 거라고는 생각하지 못했지.

멋쟁이 형님, 아직도 형님을 만나고 싶어 하는 여자가 많을걸요! 린쌍의 기분이 갑자기 가라앉을 때마다 나는 적절히 치켜세웠다.

하, 여자와 관계를 맺기에는 지금이 제일 부적절하다고!

린쌍은 쯧쯧 혀를 차면서 확실하게 말했다. 상중이어서도 아니고 오해받을까 걱정해서도 아니네. 뜻밖에도 그럴 기력이 없음을 발견했기 때문이야. 남자는 여자에게 잘 보이려 평생을 노력하는데 여자는 남자가 이해해 주지 못한다고 불평하지.

"자네는 어떤가?"

"제가 뭐요?"

그런 질문을 받을 때마다 나는 야구 모자를 벗어 대머리를 드러냈다. "보세요. 볼품도 없고 돈도 없으니 안분지족하며 살 수밖에요. 아니면 어쩌겠어요?"

다행히 린쌍은 나의 멍청한 척이나 얼버무림을 추궁하지 않았다. 인생을 이미 겪을 만큼 겪어 봤다는 눈빛으로 나를 쓱 훑어본 뒤 눈을 가늘게 뜨고 아무렇지도 않게 콧소리를 내며 묘한 웃음을 지을 뿐이었다.

5

린쌍에게 처음부터 자세히 털어놓고 싶은 충동이 몇 번이나 일었지만 나는 터져 나올 듯한 감정을 재빨리 억눌러 버리곤 했다.

이미 세상을 뜬 어느 노벨 문학상 수상자가 "견문이 넓은 사람은 누구나 플롯을 자잘하게 쪼갤 수 있지만, 세상을 이해하려 애쓰는 사람만이 감동적인 이야기를 할 수 있다."라고 했던 말이 떠올랐다.

지금 돌이켜 보면, 나와 린쌍이 그랬던 것 같다.

린쌍에게 더 많이 알려 준다고 해서 우리 관계에 도움

이 되지는 못했을 것이다. 나는 처음부터 나만의 규칙을 세운 뒤 그들 같은 사람은 조율사라는 직업이 내게 어떤 의미인지 영원히 이해할 수 없다고 스스로를 설득했다.

어떤 일들은 말해 봐야 상대를 이해시킬 수 없다고 말이다.

예를 들어, 내 기억 속 최초의 스타인웨이가 그랬다.

또 예를 들어, 에밀리의 스타인웨이는 아무 문제도 없었다. 그녀가 행복하지 못했을 뿐이다.

혹은 내게도 그런 기회, 완전히 다른 인생을 살 기회가 있었다. 그해 뜨거운 여름 햇살 아래에서 까닭 없이 느꼈던 눈 내린 뒤의 당혹감과 유감을 시종일관 곱씹지 않았더라면…….

그게 나중에 발생한 일들과 관련이 있을 수도 있겠지만 없을 수도 있다. 그렇지만 내가 계속 이야기하지 않는다면 나는 영원히 답을 알 수 없을 것이다.

늘 흐릿하기만 한 세상 속에서 대체 누가 조각난 음표들을 하염없이 두드리고 있겠는가?

피아노를 포기했을 때 추 선생님은 아무것도 묻지 않았다. 우리는 그렇게 연락이 끊어졌다.

나는 사관 학교의 첫 번째 관문인 신체검사에서 체중 미달로 탈락했다. 아버지가 세워 놓았던 인생 계획에서 떨어져 나온 뒤, 열여섯 살의 나는 낮에는 아르바이트하고 밤에는 야간 상고를 다니는 생활을 시작했다.

고등학교 3학년으로 올라가기 직전 여름 방학 때까지 그렇게 살았다.

그날 아르바이트 유니폼을 후다닥 벗어 던지고 기말고사를 보러 학교로 달려갈 때, 수화기 너머에서 추 선생님이 중학교 시절의 음악반 동창을 소개해 주고 싶다고 말했다. 네? 아, 좋아요. 왜 그런 식으로 만나죠? 그때 나는 무슨 일인지 갈피를 잡을 수 없었다.

죄송하고 걱정스러운 마음으로 약속 장소에 나간 나는 자리에 앉자마자 눈앞의 광경에 얼떨떨해졌다. 선생님과 젊은 영재가 어떻게 이렇게 손발이 척척 맞는 우정을 맺게 되었을까?

선생님 눈동자에 그 사람에 대한 흠모가 가득했다. 국제적으로 유명한 피아니스트가 모 대학 객원 교수의 요청을 받아 귀국했다. 그가 가진 모든 것이 선생님에게는 이미 이룰 수 없는 꿈이었다. 음악반에서는 얼마나 많은 소년과 소녀가 그런 꿈을 꾸며 줄기차게 넘어지고 도전할까? 추 선생님은 왜 아직도 미혼일까? 눈앞의 두 사람은 잘 어울리는 한 쌍이 아닌가……?

나는 엉뚱한 상상의 나래를 멈출 수 없었다.

인사를 나누고 분위기를 정리하자마자 선생님은 본론으로 들어갔다. 충분히 오래 허비했잖아. 설마 네 앞날에 대해 아무 생각도 없는 건 아니지?

뭘 허비했다는 걸까? 내 천재성? 내가 은수저를 물고 태어나 놓고 전부 탕진하기라도 했다는 말인가? 나는 곧장 맞받아치고 싶었다. 하지만 그때는 물론 지금까지도 그 말을 어떻게 이해해야 할지 모르겠다.

당신도 한번 잘 생각해 보기를 바란다. 남은 시간은 많지 않아도 당신이 원하기만 하면 틀림없이 가능할 것이다…….

나는 입술을 꽉 깨문 채 선생님과 손가락을 걸고 약속했던 오래전 그날 오후를 떠올렸다. 왜 음악과에 가야 하죠? 한참 뒤 나직하게 항의하는 내 목소리가 울렸다.

네가 정말 자랑스러우니까. 선생님은 너보다 너를 더 잘 알아. 사실 네가 내내 기다리던 게 오늘이라고. 남들과 똑같은 길을 가지 않아도 된다고 증명해. 남들에게 네가 얼마나 특별한지 알려 주라고. 넌 한 학기만으로 걔네의 오륙 년의 노력을 넘어설 수 있잖아.

선생님이 간절하게 설득할 때 나는 선생님 옆 사람의 시선이 시종일관 생각에 잠긴 채 내 손에 멈춰 있는 것을 알아차렸다.

선생님은 피아니스트와 따로 얘기해 보라며 나를 남겨 놓고 떠났다.

그가 아무 곡이나 연주해 보라기에 나는 라흐마니노프의 「보칼리제」를 쳤다. 왜 이 곡을 골랐느냐고 그가 물었다. 그를 쳐다보며 어깨를 으쓱하던 순간 나는 알 수 없는 분노를 느꼈다. 처음에 이 곡을 소프라노용 가창곡으로 작곡한 것 자체가 잘못이라고 생각해서요!

뜻밖에도 상대는 웃음을 터뜨렸다. 금테 안경 너머의 눈동자에, 나와는 거리가 먼 진솔함과 여전히 소년 같은 솔직함이 담겨 있었다.

그 곡을 칠 때 뭘 떠올렸니?

눈요.

그럼, 넌 진짜 눈을 본 적 있니?

아니요.

그럼 왜 눈이라는 거지?

감히 그의 눈을 볼 수 없어 고개를 떨어뜨렸던 게 기억난다. 그런 다음에는 왜인지 코끝이 시큰해졌다. 나는 설명할 수 없었다. 진짜 눈을 한 번도 보지 못했지만, 늘 어떤 사람이 휘날리는 폭설 속을 혼자 걸어가는 듯한 느낌이 들었다.

제게는 형용할 수 있는 어휘가 없어요. 어쩌면 애당초 눈이 아닐지도 몰라요. 그냥 어렴풋하게 주변을 떠다니는 뭔가일지도요.

그는 잠시 생각에 잠겼다.

네가 형용할 수 없는 뭔가란 시간이야, 하고 그가 말했다. 음악은 우리에게 시간을 들려주거든. 우리 자신의 그림자를 들려줘.

무슨 말인지 이해할 수 없어 고개를 들자 그가 나를 뚫어져라 쳐다보고 있었다.

예전에는 내게 훌륭한 장비가 있다는 것만 알았어. 누구도 음악이 피아노가 아니라 내 그림자 속에 있다는 건 말해 주지 않았지.

모든 사람이 공명의 방정식을 가지고 태어난다고 알려 준 사람도 바로 그였다. 어떤 사람은 악기에서 찾고 어떤 사람은 노래에서 찾아. 더 운이 좋은 사람은 망망한 세상 속에서 그 과거와 현재와 미래의 공명을 깨우는 모종의 진동을 찾아낼 수 있지.

사랑이라 부르는 것일 수도 있어. 신뢰라는 이름일 수도 있고. 우리는 피아노 연주를 듣는다기보다 흘러간 과거를 듣는다고 하는 게 맞아. 각각의 건반이 토해 내는 것은 바로 그 순간일 뿐이니까. 영원히 되돌아올 수 없지.

가장 고독한 사람도, 가장 가난한 사람도, 심지어 죽어 가는 사람까지 누구나 드뷔시나 바흐의 곡에서 똑같이 감동할 수 있어. 그게 우리가 온 곳이자 갈 곳이거든. 피아니스트가 말했다.

그렇다. 나는 그날 그가 마지막으로 했던 말을 한시도 잊은 적이 없다.

그 후로 살면서 대체 그 뉴욕에서 온 피아니스트가 내게서 무엇을 보았던 건지 끊임없이 자문해 보았다. 제멋대로에 게으르고 자기만 옳다고 여기는 천재는 절대 큰 인물이 될 수 없는 법이니, 처음부터 그의 눈을 벗어날 수 없었던 게 틀림없다.

그는 추 선생님처럼 내게 많은 기대를 품지 않았다. 사실 나는 추 선생님 자신이 뭘 기대하는지 이해하고 있을까, 혹시 자신의 잘못된 판단에 계속 연연하는 건 아닐까 하고 의심했다.

그해 여름 피아니스트는 어린 시절을 보낸 타이베이의 옛집에 묵었다.

양밍산 별장이나 유명한 문화 교육구에 있는 엘리베이터가 딸린 화려한 빌딩이 아니었다. 한때 번화했던 술집 골목에 자리한 구식 양옥이었다. 이미 외벽이 얼룩덜룩해진 낡은 집은 피아니스트를 초청한 곳에서 마련해 준 회관에 비하면 무척 열악했다.

피아니스트는 낯선 피아노를 칠 수 없기 때문이라고 말했다.

그 특수한 지리적 환경 속 어둡고 낡은 집에 뜻밖에도

화려한 스타인웨이가 있었다. 그 어울리지 않는 조합을 떠올릴 때면 나는 지금까지도 기이한 판타지 같다는 느낌이 든다.

이 피아노는 우리 아버지가 주신 가장 귀중한 선물이야. 나는 유학비를 아버지한테 한 푼도 받지 않고 전부 장학금으로 해결했어. 그가 말했다.

“이 낡은 집에서 내가 제일 좋았던 게 뭔지 아니? 주변이 밤마다 떠들썩해서 피아노를 칠 때 이웃 걱정을 안 해도 됐던 거야. 나보다 훨씬 시끄러웠거든!”

어떤 사람들의 만남은 특정한 시기에만 가능하도록 운명이 지어졌는지도 모른다.

가난했던 그 시절에 클래식 LP 원판은 타이완에서 무척 진귀하고 사치스러운 물건이었다. 내가 얌전히 피아니스트의 제자가 된 것을 보고 추 선생님은 확실히 기뻐했다. 다만 시간 대부분을 그의, 내게는 보물 같은 레코드판을 듣는 데 보낸다는 것을 선생님은 전혀 몰랐다.

그때는 정보가 발달하지 않은 폐쇄된 시기이기도 했다.

라흐마니노프는 반세기 전에 세상을 떠났고 대다수 타이완 학생들에게 친숙한 당대 피아니스트는 루빈스타인과 호로비츠 정도였다. 오랜 세월 반공, 반소련, 냉전의 영향을 받은 데다 소련 정부에서 음악가들의 출국을 엄격히 제한했기 때문에 소련 피아니스트들은 서방 음악계에서 추앙을 받기 시작하고도 타이완에서는 여전히 금기시되고 있었다.

이토록 오랜 시간이 흘렀어도 스뱌토슬라프 리흐테르라는 소련 피아니스트의 연주를 들을 때면 나는 곧장 그해 여름, 피아니스트가 처음 리흐테르의 라이브 음반을 들려주었던 순간으로 돌아가게 된다.

슈베르트의 피아노 소나타 18번 G 장조 D894가 리흐테르의 손가락 밑에서 다른 판본과는 완전히 다르게 절제되고 부드러우면서 가볍지만 변화무쌍하게 연주되었다. 그 순간 주변 공기가 북방 차가운 대륙의 독특한 쓸쓸함으로 가득 채워지는 듯했다.

어렸을 때 정통 음악 교육을 받지 않은 리흐테르는 스무 살 때 러시안 피아노 학파의 수장인 네이가우스의 눈에 띄어 파격적으로 받아들여졌다.

나는 조용히 피아니스트의 설명을 들었다.

1949년 스탈린상을 받고 나서야 리흐테르는 외국에서 연주할 수 있었어. 처음에는 중국과 일부 동유럽 국가에서만 가능했지. 1960년에야 미국에서 첫 독주회를 열 수 있었는데 단숨에 구미 음악계를 사로잡았어.

하지만 리흐테르는 미국을 좋아하지 않았고 해외 순회 공연도 싫어했지. 자기 나라에서 기차를 타고 시베리아를 지나다가 마음에 드는 마을에 내려 소규모로 연주하는 걸 더 좋아했다더라. 또 녹음실에 들어가는 것도 무척 싫어해서 우리가 들을 수 있는 건 대부분 연주회 실황 녹음본이야.

리흐테르가 음과 음 사이의 짧은 정적을 어떻게 장악하는지 잘 들어 봐.

소리 없는 부분도 연주라는 걸 잊으면 안 돼.

장엄하고 격앙된 연주를 할 수 있는 사람은 많아. 하지만 피아노 음 사이의 가벼움과 고요함을 완벽하게 해석해 낸 사람은 리흐테르뿐이야.

수년 뒤 나도 피아노를 가르치기 시작했다. 피아니스트가 영감을 준 방식대로 나는 내가 좋아하는 CD를 아이들과 함께 들었다. 하지만 학부모의 강한 불만을 샀을 뿐이었다. 그들은 내가 쉽게 돈을 벌 생각에 자신들이 기대하는 진도로 아이들을 연습시키지 않는다고 생각했다. 어떤 학부모는 일말의 망설임도 없이 다시 올 필요 없다고 통보했다. 음악과 학생에게 가장 쉬운 돈벌이인 교습이 내게는 적응할 수 없는 곤경으로 다가올 때가 많았다.

나는 정말로 맞춤형 교육이 뭔지 몰랐던 것 같다.

한 학기 열심히 연습한 것만으로 다른 사람의 오륙 년 노력을 넘어 음악과에 진학한 내가 어떻게 보통 사람의 어려움을 이해할 수 있었겠는가?

추 선생님의 부탁을 어느 정도 마음에 두고 있었는지, 피아니스트는 한 달에 한 번씩 학생들 평가를 마치고 나면 갑자기 내게 엄격하게 굴었다. 그래 봐야 그 열정을 일주일 이상 유지하지는 못했지만 말이다.

"음악과에 진학할 마음이 없더라도 최소한 이번 생에 제대로 피아노 치는 맛은 느껴 봐야지!" 피아니스트는 피아노 연습을 독려할 때도 거부하기 힘든 이유를 댔다. "이 피아노를 조율해 달라고 그를 오스트리아에서 부르기까지 했건만!"

오랫동안 협력해 온 그 조율사만이 피아니스트가 원하는 바를 이해했다. 연주회가 잡힐 때마다 피아니스트는 어떤 피아노를 골라야 할지를 두고 무척 불안해했다. 결국 그 조율사를 데려온 뒤에야 마음을 놓을 수 있었다.

평생 처음 아주 비싼 피아노, 그것도 세계적인 명사가 조율한 스타인웨이를 쳤을 때 어떤 기분이었는지 지금도 생생하게 기억한다. 그때 느꼈던 놀라움과 당혹감을 떠올리면 아직도 웃음이 날 때가 있다.

"내 귀에 들리는 그 음색은 뭐라 형용하기 힘들어." 피아니스트가 말했다. "그 주파수, 그 진동수만이 나를 편안하면서 슬픔을 띤 기묘한 영역으로 데려갈 수 있어."

나는 그 느낌을 이해할 수 있다고 말했다.

어느 날 뜻밖에도 피아니스트의 어머니가 찾아왔다. 환갑에 가까운 나이임에도 부인은 짙게 화장하고 붉게 염

색한 곱슬머리를 풍성하게 늘어뜨리고 있었다. 친절하게 케이크를 잘라 내오며 잠깐 쉬면서 먹으라고 불렀지만, 웃음 속에 숨겨진 강렬한 속물근성 때문에 입에서만 맴도는 다정함만으로는 사교적인 노련함에 불과함이 감춰지지 않았다.

어린 친구는 어디 살아? 어느 선생님께 배웠니? 외국에 나갈 생각이야?

몇 가지 질문을 던진 뒤 피아니스트의 어머니는 곧 나에 대한 흥미를 잃었다. 그러고는 재빨리 자기 아들에게 어디서 이런 고철덩어리를 주워 왔느냐고 비난하는 듯한 눈짓을 보냈다. 민망해진 나는 접시에 반쯤 남은 케이크를 쳐다보며, 어서 가라는 아들 재촉에 밀려 부인이 떠날 때까지 멍하니 앉아 있었다.

국제적으로 유명한 피아니스트와 한눈에도 윤락가 출신인 게 보이는 어머니라니, 파파라치 문화가 성행하는 지금이라면 피아니스트가 어느 정치인의 사생아라는 특종 뉴스가 그냥 묻히지 않았을 것이다.

피아니스트에게도 나와 비슷한 천재로서의 애로 사항이 있는 줄 알았는데 그는 어려서부터 열심히 연습한 이유가 어머니한테 영광을 돌리기 위해서였노라고 알려 주었다.

소위 천재란 뇌 신경이 너무 빨리 발달했을 뿐이라 일정한 나이가 지나면 천천히 정상으로 돌아오기도 한다고 그가 말했다. 동년배의 예비 연주가들이 자신의 천재성이 갑자기 사라져 버릴 수도 있다는 두려움에 망가지는 모습을 외국에서 수없이 봤다고 했다.

"하지만 저는 한 번도 무슨 연주가를 꿈꾼 적이 없는걸요." 내가 말했다.

"그래서 여기 와 피아노를 치라고 했지!" 피아니스트는 언제나 나를 할 말 없게 만들 수 있었다.

그의 두려움을 처음에는 이해할 수 없었다.

서른네 살의 피아니스트는 아직 젊었고, 열일곱 살의 내게 유치한 장난을 칠 줄도 알았다. 하지만 음악계에서 십년 동안 미래의 스타로 주목받아 온 사람에게 더 올라갈 곳이 없다는 건 이미 내리막길에 접어들었다는 의미였다.

피아니스트는 아직 베를린 필하모니나 주빈 메타와 일한 적이 없었다. 백만 달러짜리 녹음 계약을 맺은 적도 없었다. 떠들썩하지만 수준 떨어지는 음악제에서 공연을 제안받는 경우만 갈수록 많아졌다.

피아니스트는 너무 오랫동안 혼자서 외국을 떠돌았다. 매니저와 청중을 빼면 그의 인생에는 아무것도 없었다. 나중에야 피아니스트가 한 학기 동안 객원 교수로 귀국한 이유가 잠시 쉬어야 할 정도로 피폐해져서임을 알았다.

어쩌면 그가 놀랄 만큼 특별한 재능이 내게 있어서가 아닐지도 모른다.

요양 중인 자기 옆을 지킬 누군가가 필요해서 내게 스타인웨이를 공유할 기회를 줬던 것일 수도 있다.

추 선생님이 자신을 좋아하는 줄 피아니스트가 몰랐을 리 있겠는가? 애당초 나를 제자로 받아들인 것도 단지 선생님한테 미안한 마음을 갚기 위해서일 수 있다.

무대 위에서 연주가 어떻게 될지 모르는 불안함을 매번 홀로 마주하는 것보다는 무대 뒤에서 누군가의 완벽한 신뢰와 의지의 대상이 되는 게 더 행복하지 않을까.

함께 연주하거나 공부하는 사람이 아니라 피아노 연주자 곁에 있는 조율사처럼 말이다.

말하지 않아도 통하는 시대란 세기말 폭풍 전야의 고요함과 같음을 몇 년이 지난 뒤에야 알았다.

어느 날 수업을 받으러 갔을 때 거실로 들어가기도 전에 안에서 엄청나게 큰 소리가 흘러나왔다. 나는 곧장 바흐의 「골드베르크 변주곡」임을 알았다.

와, 정말 멋지게 치는데 누구예요?

피아니스트가 또 무슨 문제를 낸 줄 알고 나는 잔뜩 흥분해 탄복했다. 내가 감상 소감을 계속 뽐내려 할 때 소파에 무기력하게 앉아 있던 피아니스트가 차가운 음성으로 반문했다. 그래?

나는 레코드판 커버를 들고 자세히 살피는 척하면서 더는 입을 열지 못했다. 당시에는 아는 게 워낙 없어서, 쉰 살의 나이로 세상을 뜬 캐나다 국적의 괴짜 글렌 굴드가 서방 음악계에서 몇 년 동안 좌충우돌하며 얼마나 큰 충격을 가져왔는지 알지 못했다. 그날 피아니스트가 틀었던 음반은 굴드가 그해에 내놓은, 클래식 음악계를 완전히 뒤집어 놓은 출세작이었다.

비범한 기량을 가졌음에도 유명해진 뒤 대중 공연을

거부했던 이 천재는 가장 훌륭한 음악이란 연주회장이 아니라 녹음실에 있다고 주장했다. 굴드는 녹음실에서 만족할 때까지 스무 번가량 연주했고 기술적 수정과 편집도 마다하지 않았다.

비싼 연주회 푯값을 엘리트 계층의 특권이라 질타하며 더 많은 사람이 자기 음악을 감상할 수 있도록 적정 가격의 음반으로 녹음하려 했다.

녹음할 때는 더 파격적이었다. 굴드는 피아노를 치면서 선율에 따라 흥얼거리는 잡음까지 녹음했다.

많은 시간을 텔레비전 앞에서 보내고 전화를 잘 받지 않았지만 건강이 걱정되어 떠들고 싶을 때는 먼저 전화를 걸었다.

굴드가 보인 기괴한 행동들은 그가 세상을 떠난 지 삼십여 년이 지났는데도 흥미진진한 화젯거리로 남았다. 그에 관한 책도 줄기차게 출판되었으며 그중에는 음악과 동떨어진 내용까지 많았다. 시간적인 구조부터 가상 토론, 콘서트홀의 건축 구조, 연주회의 운영 구조, 미디어 구조, 관료 구조, 자본 흐름 구조까지 온갖 주제가 다 망라되었다. 그는 오늘날까지도 음악 애호가들이 논쟁을 멈추지 않는 인물이 되었다.

지금 돌아보면 사람들이 음악을 받아들이고 즐기는 기존의 방식이 앞으로 완전히 변할 것이라는 그의 예언은 정확했다.

하지만 음악의 디지털 다운로드가 아직 상상에 불과했던 시절, 천칭의 한쪽에는 라이브 연주를 고집하며 녹음실을 강력하게 거부한 리흐테르가 있고, 다른 한쪽에는 음악에 중점을 두고 연주를 한 번에 하지 않은들 어떠냐고 주장하는 굴드가 있었다.

그날 왜 갑자기 심기가 비틀렸는지 몰라도 나는 피아니스트와 논쟁을 벌였다.

"그때 그러셨잖아요. 리흐테르가 처음 빈에서 연주회를 열었을 때, 무대에 오르기 직전 계부가 예고도 없이 와서 어머니의 부음을 전했다고요. 그 바람에 리흐테르는 공연을 망쳤고 평단의 악평에 만신창이가 되었다고요. 무슨 신화가 망가지고 전설이 사라졌다는 평이라…… 리흐테르가 왜 그런 모욕을 받아야 하느냐고, 음악가도 사람이고 감정이 있는데 왜 망칠 수 없느냐고 했잖아요?"

"음악가는 평가를 받으려고 사는 게 아니야! 음악 평론가란 음악가가 될 수 없어서 악의만 남은 멍청이들이라고! 전문가인 척하며 작은 일을 크게 부풀리고 원고료 몇 푼에 만족하지. 꿈도 없고 창의력도 없이 음악 평론가라는 직함 뒤에 숨어서 히죽거릴 뿐이라고. 평론가가 전부 죽어도 음악은 전혀 타격을 받지 않아. 이게 진실이야!"

통제력을 잃고 분노하는 피아니스트의 모습을 그때 처음 보았다. 그동안 얼마나 큰 스트레스를 받았는지 짐작할 수 있었다. 잠시 입을 다문 그는 자리에서 일어나 턴테이블 앞으로 갔다. 나도 더는 감히 소리를 낼 수 없어서, 집 안에는 화려하고 정확하게 클라이맥스를 넘나드는 굴드의 연주 소리만 남았다.

음반 재생이 끝났을 때에야 피아니스트가 다시 입을 열었다.

"맞아. 무대에 오르는 순간 마주하는 것은 본인이 통제할 수 없는 상황이야. 결국 연주자는 그 순간 자신과 피아노의 대화에만 집중해야 해. 인생도 마찬가지 아니겠어?

마음속 괴물을 떨쳐 내야만 한 걸음을 내디딜 수 있지."

피아니스트는 이어서 말년의 리흐테르는 시력이 나빠져 강렬한 조명을 참을 수 없었기 때문에 무대 조명은 끄고 피아노 위에 작은 등불만 켜 놓았다고 말했다. 무대 아래에 농민이 있든 고위 관리가 있든 리흐테르는 혼자 어둠 속에 앉아 연주를 이어 갔다는 거였다.

"게다가 그는 자기가 죽을 때 함께할 음악도 진작에 골라 두었어. 슈베르트의 피아노 소나타였지. 연주가가 되느냐 마느냐는 결국 중요한 게 아니야. 중요한 것은 인생을 끝까지 살았을 때 마음이 편안해지는 뭔가가 있는가이지."

피아니스트가 외롭고 슬픈 리흐테르보다 먼저 떠날 줄은 아무도 예상하지 못했다. 또 열일곱 살의 내가 어떻게 죽음이라는 화제를 정말로 이해할 수 있었겠는가?

그때 내 마음속에 떠오른 건 뜻밖에도 슈베르트라는 운수 사나운 인물이었다.

백오십몇 센티미터의 땅딸막한 몸과 못생긴 얼굴, 듬성듬성한 머리카락, 예민하고 신경질적인 성격을 가진 슈베르트는 평생 가난에서 벗어나지 못했고 구애한 여자에게 차이기만 했다. 그래 놓고 몇 번 되지도 않는 성애로 매독에 걸렸다.

슈베르트가 인생에서 마주한 불행은 정말 상상을 초월했다. 그는 유령처럼 영혼의 심연을 떠놀아다니다 서른 살에 요절했다. 쇼팽이나 리스트와 비교할 때 재능을 펼칠 기회도 얻지 못했지만 풍성한 연애나 풍류는 더더욱 꿈꿀 수 없었다.

다행히 그에게는 음악이 있었다. 슈베르트는 평생 아홉 곡의 교향곡과 스물한 곡의 피아노 소나타, 무수한 가곡과 실내악을 작곡했다.

음악만 있으면 충분했을까? 아니면 슈베르트는 입신양명을 추구하는 대신 공허하고 채워지지 않는 사랑을 갈구해서 그런 창작물을 남겼던 게 아닐까?

사랑을 갈구하지 않았더라면?

그런 생각을 하다가 나는 고개를 돌려 레코드판 커버의 굴드 사진을 쳐다보았다. 깡마르고 대머리에 허리가 굽은 데다 큰 귀를 가졌고 다리를 꼰 채로 연주하고 있었다. 이어서 나는 어떻게 그런 말을 할 수 있었는지 나조차 의아해지는 말을 내뱉었다.

"아, 그는 사실 연주회를 포기한 게 아니라 어떤 기대를 포기한 것일 수도 있어요. 절제의 수단으로요. 일부러 공연하지 않음으로써 가장 좋아하는 것과의 결별을 선언한 거죠! 그럴 가능성은 없나요?"

무심하게 던진 내 말에 피아니스트가 순간적으로 깜짝 놀라면서 고통스러운 표정을 짓던 게 잊히지 않는다.

말이 씨가 된다더니. 모든 게 지나간 뒤에야 그때 피아니스트가 겪었을 고통을 이해할 수 있었다. 게다가 피아니스트가 속했던 세대는 세기말이라는 갑작스러운 변화를 앞두고 있었다.

피아니스트의 죽음에 대해 추 선생님과 직접적으로 이야기한 적은 없었다. 1990년대 초 '기이한 병'에 걸렸다는 사실만 들었고, 나중에는 일부러 그 유감스러운 일을 입에 올리지 않으려 애썼다.

1997년 리흐테르의 부음을 들었던 날, 나는 뭐라 표현할 수 없게 마음이 복잡해졌다. 리흐테르만 떠난 것 같지 않았다. 클래식 음악을 대변하는 모종의 빛이 20세기 최후의 거장이 떠나면서 어두워진 느낌이었다. 모든 게 한층 상업화되었다. 음악가들은 유행가를 연주하기 시작했고 레코드판은 도태되었으며 카세트테이프도 CD로 대체되었다.

리흐테르의 CD를 구하는 건 더 이상 어렵지 않았지만, 피아니스트의 연주는 카세트테이프로만 가지고 있어서 카세트테이프가 망가지자 더는 들을 수 없게 되었다. 세상을 떠난 지 몇 년밖에 되지 않았음에도 피아니스트는 디지털 음악 세계에서 완전히 음 소거가 되었다.

일부러 시간을 내어 피아니스트의 옛집을 찾아가 보니 골목의 낡은 집들이 전부 철거되고 없었다. 상실감과 함께 낡은 집에 있던 그 화려한 피아노가 자꾸만 떠올랐다.

피아니스트가 객원 교수 일을 마치고 뉴욕으로 돌아가기 전부터 나는 그가 다시는 돌아오지 않을 거라 예감했다. 하지만 바보처럼 그의 피아노는 계속 제자리에 있을 거라 믿으며 그러면 됐다고 여겼다. 정말 놀랍게도 그해의 모든 것이 완전히 사라졌다. 여름날의 눈처럼 흔적도 없이 조용히 소실되었다.

그 피아노는 나중에 어디로 갔을까?

서술자로서 나 자신과 관련된 일을 더 말할 게 뭐가 있을까?

그러니까 음악적 천재성과 관련 없는 일을 말이다.

6

드뷔시의 「아라베스크 1번」을 끝낸 뒤 연주자의 두 손이 허공에서 삼 초 정도 머물렀다가 백조 한 쌍이 천천히 호수 위를 유영하듯 내려왔다.

사반세기를 지나 드디어 소년은 다시 한번 스타인웨이 앞에 앉아 손가락 밑에서 꿈결처럼 울리는 건반 소리를 들을 수 있었다. 피아노 본체의 새까만 마호가니에 그림자가 비칠 때 이십오 년 전의 소년이 언뜻 되살아났지만 음악이 끝나자마자 순식간에 사라졌다.

정적이 흐르는 몇 초 동안 뒤에서 피아니스트의 '엑설

런트' 하는 소리가 들리지 않을까 생각했다. 하지만 들려온 건 언제인지 몰라도 거실에 들어온 린쌍의 짧은 박수소리였다.

꿈에서 깨어난 듯 나는 길게 한숨을 내쉬었다.

린쌍이 에밀리에게 선물한 스타인웨이는 오래된 명품 등급은 아니어도 최소한 300만 위안은 될 터였다.

이곳에서 연습하는 걸 거절해야 했지만 린쌍은 내가 오지 않으면 자신이 음악 학원에 가서 문을 열어야 한다고 말했다. 정말 믿는다면 학원 열쇠만 줘도 되는 일을 린쌍은 굳이 나를 자기 집 손님으로 만들려 했다.

나는 대체 어떻게 해야 덜 민망할지 알 수 없었다.

처음에는 린쌍이 뭘 발견한 건 아닌지 의심스럽기까지 했다.

린쌍의 진짜 목적이 에밀리와 관련된 일을 듣고 싶어서라면 나는 어떻게 해야 계속 모르는 척하며 입을 다물 수 있을까?

"진심이세요?" 질문을 듣자마자 나는 몸을 돌려 린쌍을 바라보았다. "왜 갑자기 피아노를 배우려 하세요?"

"계속 배우고 싶었네. 결심을 못 했을 뿐이지. 나이가 들수록 체면을 챙기고 체면을 생각할수록 시작하는 게 어렵거든."

"지금은 뭐가 달라졌는데요?"

나는 책꽂이의 악보들을 훑어봤지만 초급자용 교재는 하나도 찾을 수 없었다.

"자네가 좋은 선생님 같아서."

린쌍은 늘 그런 식으로 말했다. 수동적인 어투를 쓰면서 사실은 주도적 의도를 강하게 드러냈다. 처음 만났을 때는 전혀 알아차리지 못하고 그의 주도적 선의가 내 예상을 뛰어넘는다고만 생각했다. 게다가 나 역시 동정심과 함께 죄책감도 느꼈기 때문에 늘 린쌍의 요구를 거절할 수 없었다. 심지어 린쌍과 에밀리가 처음 만났던 프렌치 레스토랑까지 함께 갔다. 린쌍이 죽은 아내를 애도할 때 나는 내 의지와 상관없이 유일한 청중이 되었다.

자기 앞에 앉을 때마다 내가 얼마나 난처한지 린쌍이 알았다면 어땠을까. 에밀리의 영혼이 아직 떠나지 않았다면 나처럼 이러지도 저러지도 못하지 않았을까?

점점 숨기기 어려워지는 두려움과 불안감을 생각할 때 서서히 그에게서 멀어지는 게 옳았다. 하지만 그때는 린 쌍의 외로움과 실의, 두 사람 결혼 생활의 침잠이 피할 수 없는 내 책임처럼 느껴졌다.

예고 없이 과거가 떠오를 때마다 나는 눈앞의 남자에게 너무도 미안해졌다.

에밀리의 피아노를 조율하러 갔던 몇 번째 날이었는지는 모르겠지만 뜨거운 여름날 오후였던 것만은 기억난다.

갑자기 집 안이 고요해지면서 나 혼자만 남았다.

통유리창으로 에밀리가 방금 찾아온 손님과 오동나무 아래에서 이야기하는 게 보였다. 일부러 나를 피하는 듯했다. 키가 큰 남자는 뒤통수에 말총머리를 묶었고 에밀리보다 어려 보였다. 가늘고 길면서 살짝 들린 눈은 서양인이 좋아하는 전형적인 외꺼풀이었다.

오랫동안 기억 깊은 곳에 묻혀 있던 광경이 그날 오후에 느닷없이 수면으로 올라왔다.

뉴욕으로 돌아가기 전에 연주회를 열기로 동의한 피아니스트는 앙코르곡에 부담 없는 연탄곡도 넣으려 하는데 함께 무대에 오르겠느냐고 소년에게 물었다.

소년은 웃으며 엄두가 나지 않는다고 대답했다.

엄두? 그건 너한테 그럴싸한 옷이 없어서야! 피아니스트는 평소와 마찬가지로 소년을 놀리듯 말했다. 그렇게 정한 거다. 나중에 한 벌 맞춰 줄게!

엄두가 나지 않는다고 했지만 사실 소년은 그의 약속에 가슴이 터질 만큼 흥분했다. 너무 좋아서 그날 '중요한 인사'들이 무대 아래에 얼마나 많이 있을지는 생각하지 못했다. 피아니스트와 똑같은 검은 예복을 입고 넥타이를 맨 채 피아노 앞에 나란히 앉아 있는 광경만 떠올렸다.

그런 광경 속에서 오동나무 아래에 서 있는 에밀리의 뒷모습이 보였다. 틀어 올렸던 머리카락이 언제인지 몰라도 길게 늘어져 있었다. 말총머리 남자의 손이 에밀리의 머리카락 사이를 부드럽게 어루만졌다.

그날처럼 여름날 오후였다. 금발에 푸른 눈을 가진 손님이 갑자기 나타나면서 연탄곡은 실현 불가능한 약속으로 소년의 상상 속에만 남았다.

피아니스트와 손님이 프랑스어로 대화하다가 방으로 들어가자 피아노 앞에는 소년 혼자만 남았다. 낡은 방문이 기껏 닫힌 뒤에도 순종하기 싫다는 듯 힘을 풀어 틈새가 생겼다. 방 안의 두 사람은 문틈 밖의 시선을 전혀 눈치채지 못했다. 금발 남자가 피아니스트를 꽉 끌어안았고 두 사람 입술은 여름을 다 보낸 뒤 마침내 상대를 찾아 여름의 끝자락에서 어떻게든 짝짓기를 끝내려는 매미들처럼 포개졌다.

나중에 나는 전부 보았다고 에밀리에게 말했다. 에밀리는 깜짝 놀란 표정을 지었다가 이내 울음을 터뜨렸다.

나는 에밀리의 얼굴을 손으로 받쳐 들었다.

사람들은 내 손이 무척 예쁘다며, 뼈와 살이 적당하고 손가락이 가늘고 길다고 말했다. 피아니스트도 연주할 손을 타고났다고 칭찬했다. 울고 있는 에밀리에게 내가 바칠 수 있는 것이라고는 내 몸을 통틀어 유일하게 아름다운 그 기적밖에 없었다.

그렇지만 에밀리는 내가 해치기라도 하는 듯 곧장 고개를 돌리며 내 손을 뿌리쳤다.

동정심과 죄의식은 대체 무슨 차이가 있을까?

왜 어떤 사람들에게는 배신이 그토록 쉬울까?

피아니스트의 연탄곡 파트너는 내가 되지 못했다. 똑같이 연주가인 금발의 남자가 그날 밤 깜짝 손님으로 등장해 음악계를 뜨겁게 달구었다. 어떻게 내가 될 수 있었겠는가? 왜 그렇게 순진했을까? 농담을 진담으로 받아들였을 뿐이니 애당초 배신이라고 할 수 없을지도 몰랐다. 진작에 피아노를 포기하지 않았던가. 달라질 리 없음을 진작부터 알고 있었는데, 왜 또 혼자서…….

아무것도 모르는 남자는 여전히 아내를 잃은 쓸쓸함과 자책감에 빠져 있었다. 그가 마음을 열 상대라고는 처가 살아 있을 때 고용했던 조율사뿐이었다. 그의 아내와 가까워질 기회조차 얻지 못한 음악 천재, 협박으로 에밀리의 시선을 끌려 했던 괴짜, 누구한테도 관심받지 못하는 상처 난 결함품…….

나는 내가 왜 털어놓을 수 없는지 잘 알고 있었다.

시간이 흐르면서 나는 내가 고립된 검은건반이라는 사실에 익숙해졌다. 또 다른 흰건반은 영원히 손가락이 닿을 수 없는 가장자리 밖에 있었다.

나는 힘없이, 피아니스트한테 버려진, 기억 속의 그 소년을 바라보았다.

기억 속의 소년은 손가락 사이에 나사못을 끼운 채 주먹을 꽉 쥐고 있었다. 소년은 눈을 감고 비단 같은 스타인웨이에 나사못이 긴 상처를 내며 울리는 날카로운 신음소리를 들었다.

그런 다음 울면서 골목으로 뛰쳐나가 뒤도 돌아보지 않고 필사적으로 뛰었다. 소년은 자신이 사라진 것을 아무도 알아채지 못하고 뒤쫓아오지도 않을 것임을 알았다. 하지만 계속 달아날 수밖에 없었다.

그럴 수밖에 없다고 생각했다. 끝이 보이지 않았다. 자신이 어디 있는지 알지 못할 때까지 그랬다. 린쌍이 나를 다시 스타인웨이 앞에 앉히고 내 심장 소리를 듣게 할 때까지…….

피아노 교습으로 먹고살 생각은 진작에 버렸다. 가르칠 대상이 눈앞의 남자라면 더 말할 필요가 없었다. 조율 일이 바쁘다는 핑계를 대는 수밖에 없었다. 린쌍이 계속 물어볼까 봐 걱정스러워 그렇게만 말했다. 린쌍은 고개를 기울인 채 잠시 생각하다가 확연하게 어두워진 어투로 입을 열었다.

"아무도 나를 가르치지 않으면 이 피아노는 망가질 수밖에 없네. 더는 누구도 건드리지 않을 테니까."

망가지는 건 어차피 시간문제였다.

아무도 연주하지 않는 채 조율이나 관리에만 의지할 경우 악기 상태가 어떤 식으로 나빠질지는 감히 예측하기 힘들었다.

하지만 린쌍도 진심으로 피아노를 배우고 싶어 하는 것 같지 않았다. 린쌍의 말에는 곧바로 알아차릴 수 없는 다층적 의미가 뒤섞여 있는 듯했다.

직관적으로만 보면 음악 학원의 다른 피아노들과 함께 스타인웨이까지 처분하려는 게 아닐까 싶었다. 확실히 전에 중고 매입업자를 아느냐고, 한 대당 대충 얼마나 하느냐고 내게 물어본 적도 있었다.

내가 바로 대답하지 않자 린쌍은 얼른 새로운 방법을 제안했다.

"조율만으로는 수입이 불안정하지 않나? 게다가 시급은 수업료보다 훨씬 적을 테고. 실장 말로는 에밀리도 자네 실력이 뛰어나다고 했다던데. 차라리 우리 집에서 학생을 받아 보게! 피아노는 이미 있으니까."

눈을 들자 통유리창 밖 오동나무 아래에서 서로 쓰다듬고 있는 두 사람이 또 보이는 듯했다.

친구가 필요하다고 느껴 본 적 없는 나로서는 배신이 사람과 사람이 공진할 때 필연적으로 나오는 잡음인지 판단할 수 없었다.

일곱 살 아이와 스물네 살 추 선생님. 열일곱 살 소년과 서른네 살 피아니스트. 마흔세 살 중년과 예순 살 린쌍.

똑같은 차이를 두고 윤회하듯 반복되었다.

피아노의 두 건반이 똑같은 거리로 다른 음정 속에 있으면서 완전히 판이한 진동과 공명을 만들어 내는 것과 같았다.

육십과 팔십의 공진이 쓸쓸함과 절망감을 자아낸다면 그건 오랫동안 조율하지 않은 탓일까? 반복적으로 나타나는 간격 중 무엇이 피타고라스의 절대적 협화 음정에 가까울까?

누군가는 늘 상처받는다.

음악 천재를 제외한 모두가 그런 확률적 위험을 계산할 수 있는 것 아닌가?

중고 악기상이 학원에 와서 견적을 내던 날, 린쌍은 내게도 와 달라고 했다. 린쌍이 감정 결과를 보고 가격을 들었을 때 얼마나 실망했을지는 굳이 말할 필요가 없을 것이다.

이것들뿐인가요? 다른 피아노도 있나요? 악기상은 독심술이라도 쓰는 듯 나와 린쌍을 번갈아 쳐다보았다. 나는 린쌍의 시선을 피했다.

에밀리의 스타인웨이로 교습하라는 제의는 거절했지만 나는 에밀리가 남긴 피아노를 계속 쳤다.

스타인웨이를 버려두지 않는 한, 뭐라 설명할 수 없는 막막함이 천천히 내게 다가오는 것을 막을 수 있다고 생각해서였다. 너무 오랜만에 남의 시간을 빼앗을까 걱정할 필요 없이 몰입하다 보니 피아노를 치는 시간이 점점 길어졌다.

다만 지난 보름 동안 린쌍과 술집에 가지는 않았다. 그동안 우리는 꼭 필요한 안부 인사와 예의 바른 잡담만 주고받았다. 악기상이 가고 학원에 우리만 남았을 때 나는 잠시 망설이다가 침묵을 깨고 물어보았다. "괜찮으시죠?" 린쌍은 아무런 대꾸도 없이 혼자 연습실 문을 한 칸씩 잠갔다.

어차피 견적 낼 사람까지 부르는 단계에 이르렀다.

피아노 교습이 내 인생 계획에 없다는 이유를 린쌍에게 이해시키기는 확실히 불가능했다. 지금까지 나는 보수와 조율만 했지, 피아노 주인을 고려할 대상으로 여긴 적은 한 번도 없었다.

피아노가 어디로 가든 그게 어떻게 내 책임이겠는가? 린쌍은 왜 내가 자기 집에서 교습하는 것을 받아들이리라 생각했을까?

뵈젠도르퍼에서 리스트의 「탄식」을 끝마치고 보니 린쌍이 어느샌가 내 옆에 와 있었다. 마지막 연습실을 잠그기 위해 기다리는 거였다.

린쌍의 얼굴에 가득한 실망감을 보자 나는 그가 놓아줄 준비를 한다는 느낌이 어렴풋하게 들었다. 이번에 문이 잠기면 앞으로 다시는 이 뵈젠도르퍼를 연주할 수 없을지도 몰랐다.

앞으로 린쌍과도 아무 교차점을 찾을 수 없을 터였다. 린쌍은 남자와 남자의 친분은 헤어지면 끝이라고 말한 적이 있었다.

하지만 에밀리는 사라지지 않을 것이다.

계속 비밀을 지켜야 한다는 생각에 나는 머뭇거렸다. 린쌍이 버리려는 게 스타인웨이가 아닌 이상은 벗어날 수 없었다.

함께 잡동사니를 치우고 연습실 문을 잠근 뒤 학원 출입문까지 갔을 때 나는 우리 두 사람 모두 망설이고 있음을 발견했다. 누구도 먼저 문을 열려고 하지 않았다.

린쌍이 이제 어디에 갈 거냐고 물었다. 나는 악보를 사러 간다고 대답했다.

CD부터 아이팟까지 그렇게 오랫동안 리흐테르가 연주하는 슈베르트 피아노 소나타를 18번 D894든 20번 D960이든 수시로 들었지만, 그것들을 내 개인 연주 목록에 넣을 생각은 해 본 적이 없었다.

슈만과 리스트와 쇼팽은 음악과를 준비할 때 열심히

공을 들인 적이 있었다. 드뷔시와 라흐마니노프는 개인적으로 가장 좋아했다. 반면 슈베르트는 그동안 의식적이건 무의식적이건 그냥 지나칠 때가 많았다.

슈베르트의 인생에 무의식적으로 두려움을 느껴서일 수도 있지만, 그보다는 리흐테르의 연주에 압도돼 계속 도전을 회피하려 했던 탓이 더 클지도 몰랐다.

그동안 린쌍 집에서 열심히 연습했더니 뜻밖에도 자신감이 꽤 많이 늘어서 마침내 도전해 보고 싶다는 생각이 들었다.

더 뜻밖이었던 건 린쌍이 음악가의 남편이면서도 악보 전문점에 가 본 적이 없다는 사실이었다.

시먼칭(西門城) 옛 거리에서 오십 년째 그 자리를 지키고 있는 오래된 가게는 내 마음에서는 유명한 실내 장식가가 공들여 설계했다는 현대적인 문화 창작 공간보다 훨씬 훌륭했다. 현대적인 문화 창작 공간에서는 한껏 예술가처럼 차려입은 젊은이들이 많이 보였다.

면이나 마 재질의 헐렁한 바지를 입고 긴 목도리를 두른 채 차가운 표정을 짓고 있으면 무용수였다. 일부러 어두운 톤을 연출하며 찢어진 청바지에 운동화 차림으로 다급한 표정을 지으면서도 주변을 예리하게 훑어보는 사람은 배우였다.

하이힐을 신고 머리를 틀어 올려 나이보다 성숙해 보이는 여학생이, 혹은 불량배도 아니면서 위아래 모두 검은색 옷을 입은 남학생이 손에 꽃다발을 들고 있으면 십중팔구 합창단이나 실내악단 단원이었다. 막 공연을 마친 모습이 그랬다.

다행히 오래된 가게에는 그런 사람이 별로 없었다.

일제 강점기부터 있었던 낡은 건물은 좁고 가파른 사다리가 꼭대기까지 일직선으로 놓여 있었다. 3층까지 올라가 악보 가게의 문을 젖힌 뒤 고개를 돌리자 내 예상대로 린쌍이 깜짝 놀란 표정을 짓고 있었다.

무턱대고 들어온 사람이라면 대체 그곳이 어떤 곳인지 한눈에 파악하기 힘들었다. 천장에서부터 바닥까지 온 벽면이 작은 유리창이 달린 목제 서랍으로 가득했다. 특별히 길고 납작하게 주문 제작된 서랍은 딱 두 쪽짜리 악보를 펼쳐 놓을 수 있는 크기였다. 모든 음표가 그렇게 조용하게 서랍 안에서 기다리고 있었다.

대장경을 보관하는 사원 전각 같기도 하고 오래된 의학 실험실 같기도 했다. 서랍에 악보가 아니라 위대한 작곡가의 DNA가 들어 있을 듯했다. 악보는 전부 수동으로 넣고 꺼내게 되어 있었다. 납작한 서랍을 빼면 나뭇결이 보이고 오선보 제작에 쓰이는 특유의 펄프 냄새가 났다. 여기에서는 책으로 엮은 일반적인 악보는 팔지 않고 낱장 악보만 팔았다. 악보를 꺼내는 사람들은 잘못했다가 종이가 구겨지거나 더러워지지 않도록 하나같이 조심조심했다.

조용히 가게를 둘러보던 린쌍이 어느새 뒤로 와서 내가 서랍에서 슈베르트 악보를 한 장씩 꺼내는 것을 가만히 지켜보았다.

한참 뒤에야 린쌍은 숨을 죽이며 나직하게 말했다. 자네, 내가 스타인웨이를 판 뒤에는 어디에서 연습할 건가?

그 순간 결판이 났다고 생각했다. 하지만 다른 한편으로는 린쌍의 말이 중의적으로 느껴졌다.

사실 나는 오래전부터 음악 학원의 문제를 풀 해결책

을 갖고 있었다.

그럼에도 내내 입을 다물었던 이유는 조율사라는 내 신분을 넘어서기 싫어서였다. 린쌍이 나를 그동안 살면서 만났던 사람들과 다르다고 여기다가 나중에 보니 사실은 똑같다고, 바라는 게 있어서 접근했다고 오해하는 게 싫었다.

그렇게 생각하는 사이 대체 무슨 일이 벌어졌던가? 다음 순간 정신을 차리고 보니 내가 쉰 목소리로 대답하고 있었다.

"……돈을 벌고 안 벌고는 중요하지 않습니다. 중요한 것은 그렇게 하면 천 선생님의 피아노를 지킬 수 있을 뿐만 아니라 학원 공간도 사용할 수 있다는 사실이지요. 공간도 피아노 열 대를 놓아도 문제없을 만큼 충분하고요. 음악 수업은 중단되겠지만 어느 정도 음악과 관련된 사업이라서……."

7

19세기 말이 되자 피아노 제조 기술은 새로운 절정에 이르렀다. 뉴욕에서는 피아노 교역이 월가 주식이나 브로드웨이 극장이나 신문·출판 같은 최첨단 업종으로 여겨졌다.

170여 곳의 피아노 제조업체가 뉴욕에 밀집돼 있었다. 수백 개의 브랜드를 단 수만 대의 피아노가 뉴욕에서 생산되고 사방으로 흩어졌다.

1920년대에 정점을 찍은 뒤 뉴욕의 피아노 판매는 하락세로 돌아서 계속 미끄러져 내렸다. 음반 녹음 기술의 보급과 라디오 방송의 등장이, 어디든 음악이 있으면 피아노도 있던 수백 년의 관습을 대체했다. 연주회장에서 정좌하고 음악을 듣는 게 사치스럽게 여겨지면서 연주가들도 하나둘씩 녹음실로 들어가기 시작했다.

1980년대에 이르자 뉴욕에서 생산되는 브랜드는 스타인웨이 하나만 남았다. 미국 전역에서도 브랜드 백여 개가 사라지고 다섯 곳만 제조 및 운영을 계속 이어 갔다.

설령 피아노를 소장하려는 사람이 아직 많다고 해도 지구상에는 벌채할 수 있는 숲이 별로 남아 있지 않았다. 피아노를 제조할 자재 자체가 갈수록 얻기 힘들어졌다.

전문가가 관리하는 명품 피아노를 제외하면, 일반적인 피아노들은 대부분 해체되고 분해돼 쓸모 있는 부품은 재조립에 사용되고 쓸모없는 부분은 폐기물로 처리되었다. 뉴욕은 더 이상 피아노의 고장이 아니었지만 오랜 시간 변화를 거쳐 피아노 재조립 및 중고 거래의 중심지로 거듭났다.

조립으로 재탄생한 피아노에 영혼이 있다고 할 수 있을까?

전문가의 관점에서 나는 어떤 피아노든 영혼이라는 게 있다면, 새 피아노든 낡은 피아노든 조율로 저주를 풀어야만 해방될 수 있다고, 그렇지 않으면 계속 감금될 뿐이라고 말하고 싶다.

5번가 칼라일 호텔에 도착했을 때는 이미 저녁 10시경이었다. 린쌍은 이십 시간이 넘는 비행 내내 잠을 이루지 못해 피곤한 기색이 역력했다. 우리는 간단히 인사를 주고받은 뒤 마주 보는 각자의 방으로 들어갔다.

옷을 입은 채 깜빡 잠들었다가 눈을 떠 침대 머리맡의 전자시계를 보니 이미 새벽이었다. 트렁크를 열고 새로 산 두꺼운 패딩 옷을 꺼내 입은 뒤 나는 혼자 호텔을 나와 텅 빈 거리를 무작정 걷기 시작했다.

출발하기 전까지 우리는 우리 삶에 어떤 반전이 기다리고 있는지 전혀 알지 못했다. 린쌍이 왜 중고 피아노를 거래할 생각이 들었느냐고 물었을 때, 나는 오랫동안 어느 사이트에서 전 세계 피아노 팬들과 이야기하다 보니 이론뿐이긴 해도 어느 정도 상황을 파악하게 되었다고 솔직하게 털어놓았다.

린쌍은 반박하는 대신, 그럼 중고 피아노를 많이 찾아 봐야겠다고만 말했다. 그러고는 내게 좀 더 연구할 시간도 주지 않고 비행기표와 호텔을 예약해 버렸다.

이게 에밀리 덕분이라고 해야 할까, 아니면 내가 주제넘게 나선 덕분이라 해야 할까? 이번 생은 뉴욕과 인연이 없을 줄 알았기 때문에 이미 5번가를 걷고 있는데도 영 실감이 나지 않았다.

평일 새벽인 데다 11월 초의 쌀쌀한 겨울이라 거리에는 대형 청소차와 빠르게 지나가는 노란 택시를 빼면 인적을 찾아보기 힘들었다. 택시들은 하나같이 뒤떨어질까 두렵다는 듯 어딘가를 향해 전속력으로 달려갔다. 그 모습을 보고 있으니 이 도시에는 지도상에 없는, 외부인은 알지 못하는 비밀 장소가 있는 게 아닐까 싶었다.

텅 빈 맨해튼에 메마르고 차가운 바람이 강하게 불어왔다. 부지불식간에 나는 5번가의 최남단, 워싱턴 광장의 아치문 앞에 이르렀다.

광장을 둘러싼 건물이 뉴욕 대학교 교사임을 알고 있었다.

그해, 열여섯 살의 피아니스트는 바로 이곳에서 무대에 올랐다.

스물두 살 때는 링컨 센터의 앨리스 털리 홀에서 첫 번째 대형 독주회를 열었다. 이튿날 뉴욕타임스에 극찬이 실리면서 젊은 연주가의 인생은 완전히 바뀌었다.

청소년기에 벌써 이곳을 정복할 자격을 얻은 천재는 얼마나 될까.

마흔 살이 넘어서야 뉴욕에 처음 발을 들인 나로서는, 이미 기한이 지나 더는 교환조차 불가능한 숫자만 인식될 뿐이었다.

한밤중까지 워싱턴 광장을 돌아다니던 나는 세상에서의 내 시간이 피아니스트를 이미 뛰어넘었다는 사실을 처음으로 의식했다. 하지만 피아니스트를 떠올릴 때마다 나는 어느샌가 그를 우러러보며 인정받기를 기다리는 어린애로 돌아가곤 했다.

피아니스트가 가져온 영상들 속에서만 무대에 오른 그의 모습을 보았지, 나는 그의 정식 청중이 된 적은 없었다. 당시 사용했던 비디오테이프는 나중에 아무도 쓰지 않게 된 베타 테이프였고 그때는 복사해 둬야 한다는 생각도

하지 못했다.

타이완을 떠나기 전에 열렸던 그의 마지막 공연도 놓쳤다. 이렇게 오랜 시간이 흘렀는데도 놀랍게도 피아니스트가 들려주었던 뉴욕에 관한 이야기들이 생생히 기억났다.

피아니스트 생전의 또 다른 고향, 그를 품어 주었던 무대에 오면 내가 당황스러운 '만약'들에 얽매일 수밖에 없음을 진작에 예상했어야 했다.

만약 피아니스트와 계속 연락했더라면 그의 맨해튼 옛 주소를 알지 않았을까. 물론 이것은 말도 안 되는 망상에 불과했다. 피아니스트는 이미 이십오 년 전에 세상을 떠났으니까.

하지만 그 프랑스인이 아직도 살고 있다면?

두 사람이 동거했다면? 피아니스트가 죽을 때 프랑스인이 옆에 있었을까?

나는 두 사람의 사랑이 어땠는지는 알고 싶지 않았다. 내가 관심 있는 것은 타이베이에서 내가 긁은 스타인웨이가 뉴욕으로 옮겨졌는지 아닌지뿐이었다.

피아니스트가 죽은 뒤 프랑스인은 피아노를 계속 간직했을까? 주소를 알았다면 내게 찾아갈 용기가 있었을까?

만약, 그저 만약, 대문이 열린 뒤 전부 오보였음을 알게 된다면, 피아니스트가 예순몇 살 뚱뚱한 중년으로 내 앞에 나타난다면. 그저 새로 시작하고 싶은 마음에 남은 인생을 은거하기로 한 거라면……?

이튿날 조식을 마친 뒤 우리는 브로드웨이 남쪽으로 걸어갔다.

맨해튼 미드타운 서쪽에는 유명한 스타인웨이와 페트로프 전시장 외에도 다양한 중고 피아노 및 재생산 업체가 열몇 곳 있었다. 상점 문을 열고 들어갈 때마다 직원들은 은발 머리에 아르마니를 입은 린쌍을 보고 그 스타일만으로 동양에서 온 대단한 음악가라 생각했다.

린쌍 뒤에서 야구 모자를 깊이 눌러쓰고 있는 내게 주의를 기울이는 사람은 없었다. 그러다 정작 피아노를 테스트하는 사람이 나라는 것을 보고 그들이 깜짝 놀라며 난감한 표정을 지을 때면 나는 속으로 키득키득 비웃었다.

네 번째 상점에 들어가자 젊은 동양 여자가 맞아 주었

다. 린쌍과 내가 고급 가구처럼 외관이 정교한 메이슨에 관해 이야기하는 것을 듣자마자 그녀는 영어 대신 중국어로 타이완에서 왔느냐고 물었다.

"샤오장(小張)이라고 불러 주세요!" 베이징에서 왔다고 본인을 소개한 샤오장은 얼마 전에 줄리아드에서 음악 박사 학위를 땄다고 말했다. 나와 린쌍은 서로를 쳐다보며 웃었다. 샤오장이 왜 그러냐고 물었다.

"줄리아드를 졸업했다는 세 번째 사람이거든요." 내가 말했다.

"어느 가게에 다녀오셨는데요? 레이먼드도 만나셨나요? 아르헨티나에서 온 제 동창이에요!" 샤오장은 기분 나빠하기는커녕 하하 웃기까지 했다. "뉴욕 거리에는 오디션을 기다리는 배우뿐만 아니라 연주가가 되려는 사람도 넘쳐나거든요!"

그런 다음 피아노 앞에 앉아 솜씨를 뽐냈다. 무척 훌륭했다. 다만 그 그로트리안 피아노는 다른 가게에서 내가 쳐 봤던 중고 피아노와 똑같은 문제점을 갖고 있었다. 조율사가 웅장한 음색을 살리기 위해 과도하게 조정해 놓은 거였다.

"그래서 린 선생님은 전에 어떤 브랜드를 치셨나요?"

그 질문에 린쌍이 당황하기에 내가 얼른 스타인웨이라고 대신 받았다. 그러자 이번에는 샤오장이 당황해, 그럼 왜 피아노를 바꾸려 하느냐고 물었다.

"내 것이 아니라 이 사람 피아노를 사려고요."

그냥 사업하려 한다고 솔직히 말하는 편이 더 좋았을 뻔한 순간적인 얼버무림이었다. 하지만 어쨌든 누군가 내게 피아노를 선물하려 한다는 말을 듣자, 아주 잠깐 곧이듣고 금방 정신이 들었는데도 그 우스운 환각은 오랫동안 내 귓가를 맴돌았다.

다시 샤오장의 표정을 살피니 어떤 가격대를 추천해야 할지 갈피를 못 잡는 게 확연히 보였다. 어쩌면 나 같은 중년 떨거지한테 왜 피아노를 선물하려 하는지를 더 이해할 수 없었던 게 아닐까?

우리가 아무 의견도 내지 않자 샤오장은 나를 반짝거리는 검은색 그랜드 피아노 앞으로 안내했다. 뚜껑에 '리트밀러'라고 쓰여 있었다. 반신반의하면서도 나는 쇼팽의 한 소절을 쳐 보았다.

"어때요, 괜찮죠?" 샤오장이 보면대의 가격표를 가리

켰다. "새것인데 1만 달러밖에 안 해요."

나는 처음 보는 브랜드라고 대꾸했다.

샤오장이 오히려 득의양양하게 말했다. "메이드 인 차이나거든요! 광저우(廣州)에 있는 공장에서 하루에 500대씩 생산돼요! 최근 몇 년 동안 중국 피아노 품질이 무척 좋아진 데다 가격까지 저렴해, 전체 시장가가 덩달아 내려가고 있어요. 가격을 낮추지 않으면 상대가 되지 않으니까요!"

샤오장 눈에 내게 어울리는 피아노는 그런 등급이었다.

사흘간의 탐방을 끝내고 저녁 식사를 할 때 린쌍이 내 생각을 물었다. 나는 일부 피아노의 별로 심각하지 않은 결함을 내가 알게 모르게 확대한 측면이 있으며, 이 사업에도 어두운 면이 많을 텐데 너무 쉽게 생각했던 게 아닌가 싶다고 대답했다.

민속 의상을 입은 남자 종업원이 미소를 지으며 다가와 우리 테이블에 음식을 올려놓았다. 우디 앨런의 영화에서만 보았던, 실내 벽면이 온통 붉은색으로 꾸며진 '러시안 티 룸'이라는 이 유명한 뉴욕 식당에 내가 직접 오게

될 줄은 상상도 못 했다.

“평생 사업을 했는데 어떤 모리배인들 안 만나 봤겠나?” 뜻밖에도 린쌍은 전혀 낙담하지 않았다. 린쌍은 냅킨을 무릎에 펼친 뒤 포도주 잔을 들었다. “오히려 아주 재미있더군. 어떻게 그렇게 많은 명문대 학생들이 피아노를 팔고 있지?”

나는 그래서 피아노를 가르치기 싫다고, 연주가를 꿈꾸는 젊은이가 너무 많다고 말했다. 피아노 제조업은 이미 음악가 생산 라인으로 대체되었는지도 몰랐다.

“결국 마지막에는 꿈에서 깨야겠지? 예술 분야는 이렇게 경쟁이 심하니 두각을 나타내기 힘들겠어. 나는 장사꾼이라 비용과 수익만 따지지, 그런 사람들이 무슨 꿈을 꾸는지는 정말 모르겠네. 할리우드 영화를 너무 많이 봐서일까?”

나는 반박할 수도 없고 반박하고 싶지도 않았다. 린쌍은 남은 게 많지 않아서 승부수를 던질 수밖에 없는 인생이 어떤 의미인지 모를 터였다.

“이렇게 말하면 너무 주관적일 수도 있지만, 내가 보기에 지나치게 고집스러운 사람은 또 다른 기회를 놓치곤 해. 고집은 두려움 때문일 수도 있지. 중고 피아노 사업은 자네에게나 내게나 반드시 잡아야 할 기회일지도 몰라. 자네도 훌륭한 파트너일 수 있고. 사업적으로 아주 뛰어난 머리를 가졌는데 아직 스스로 발견하지 못했을지도 몰라. 에밀리가 우리를 일찍 소개해 줬으면 좋았을 것을……. 자! 우리의 미래 협업을 위해 건배!"

나는 린쌍을 따라 포도주 잔을 들었다. 최소한 그의 감성적 표현을 위해서라도 건배해야 했다.

사실 린쌍은 내내 아무 주장도 하지 않았다. 음악 학원을 중고 피아노 거래소로 바꾸겠다는 최종 결정도 아직 내리기 전이었다. 그럼에도 논의를 시작한 이후 린쌍은 월급을 주기 시작했고 지금은 나를 파트너라고 부르기까지 했다.

확실히 처음에는 과분한 대우에 놀랐다. 하지만 생각해 보니 내가 아니면 누가 피아노를 조율할 때마다 그를 데리고 가서 피아노의 구조와 브랜드별 특성을 알려 줄 수 있겠는가?

또 누가 웹사이트에서 해외 중고 피아노 상황을 검색

해 주고 타이완 사람들은 잘 모르는 유명 브랜드를 알려 줄 수 있겠는가? 누가 그에게 1만 8천 달러에 사들여 온 중고 그로트리안을 타이완에서 얼마에 팔 수 있는지 알려 줄 수 있겠는가?

사업을 시작한 뒤 어떤 중고 피아노든 고객이 원하는 대로 조율할 수 있다고 믿을 사람이 나를 제외하면 또 누가 있겠는가?

저녁 식사 때 우리는 마치 에밀리도 우리 테이블 옆에 조용히 앉아 있기라도 한 것처럼 이따금 그녀 이야기를 꺼냈다.

린쌍은 에밀리와 런던, 파리, 빈을 연달아 다녀왔지만 뉴욕에 와서 추억을 쌓지는 못했다고 말했다. 여러 차례 오자고 했지만, 그때마다 에밀리가 앞으로도 시간이 많으니 일단 유럽부터 가 보고 싶다며 완곡히 거절했다는 거였다. 확실히 미국에서 유학했으니 에밀리에게는 급하게 돌아봐야 할 필요가 없어 보였다.

자신을 간교한 장사꾼이라 칭하는 남자가 어떻게 아내에게 다른 속사정이 있다고 의심하지 않았을까. 핑계일 뿐이라는 걸 어떻게 눈치채지 못했겠는가?

나는 우리의 협력도 린쌍이 자신을 향한 내 동정심을 전혀 눈치채지 못할 때만 지속될 수 있음을 알고 있었다.

린쌍이 믿는 바처럼 모든 관계는 공급과 수요가 균형을 이룰 때만 가능할지도 몰랐다. 설령 그렇더라도, 내가 아내를 잃은 실의와 공허함 속에서 붙들 수 있는 부목(浮木)에 불과할지라도, 나한테 무슨 손해가 있겠는가?

그러고 나자 왜인지 불현듯 눈앞에 피아니스트와 금발의 프랑스 연인이 떠올랐다.

한창 자신만만하게 잘나갈 때는 두 사람도 자주 이곳에서 식사했을 게 틀림없었다.

연탄곡을 함께 친다는 희망이 깨지기 전까지 나는 피아니스트가 나를 다른 도시로 데리고 다니며 그의 연주를 계속 들려주리라는 환상을 품었던 것 같다.

어쩌면 환상이 아니라 정말로 피아니스트는 무의식중에 그런 희망을 주었을지도 모른다. 열일곱 살 아이에게 그런 약속은 잔인하고 위험한 일이었다.

만약, 또 다른 가정을 해서, 애지중지하는 스타인웨이에서 심한 흠집을 발견한 뒤 피아니스트가 나를 찾아와 공개적으로 비난했다면 어땠을까? 혹은 내게 솔직하게 잘못을 빌 용기가 있었다면? 사실은 내가 피아니스트에게 약속을 지킬 기회를 주지 않았던 건 아닐까?

하지만 이제는 전부 중요하지 않다.

붉은 레스토랑을 둘러보던 눈길을 거둔 뒤 나는 쑥스러운 감사 인사를 나직하게 건넸다. 너무 거하게 대접해 주시네요.

나보다 더 음악가 같은 외모의 린쌍에게 우리 사이 공급과 수요의 균형은 망각에 기반하고 있을지도 몰랐다.

린쌍은 자신을 사랑하지 않았던 에밀리를 잊어야 했다. 그리고 나는 마침내 피아니스트의 도시에 왔다.

8

뉴욕에 온 지 닷새째 날이었다.

그날 우리는 일정을 잡지 않았다. 린쌍이 전처, 아들과 점심을 먹으러 필라델피아에 가야 해서였다.

그들을 만날 때마다 위가 아프다고 했던 게 사실이라면 저녁 무렵 뉴욕에 돌아왔을 때 린쌍은 기분이 썩 좋지 않을 터였다. 그래서 각자 볼일을 보러 호텔을 나서기 전에 나는 링컨 센터에 가서 오늘 밤 연주회 표가 있는지 보겠다고, 기분 전환에 도움이 될 수도 있으니 보겠느냐고 물었다. 뜻밖에도 린쌍은 좋다며 오랜만에 브로드웨이 뮤지컬을 보게 골라 달라고 했다.

그 제안에 나는 안도의 한숨을 내쉬었다.

사실 나도 연주회를 정말 보고 싶었던 건 아니었다. 특히 피아니스트의 인생에 중요한 흔적을 남긴 앨리스 털리 홀에는 들어가고 싶지 않았다.

뮤지컬 표를 산 뒤 낮 동안 발길 닿는 대로 도시 곳곳을 돌아다녔다. 온종일 바이올린 연주자만 열세 명을 보았다. 인도와 지하철 플랫폼과 크고 작은 공원에서 그들은 오가는 사람들이 감상해 주길 기다리고 있었다.

기온이 너무 낮아서인지 어지러운 느낌이 계속 따라다녔다. 오후 4시 땅거미가 내리기 시작하더니 맨해튼 섬을 둘러싼 물기슭에서 찬 바람이 거침없이 불어왔다. 칼날 같은 바람은 오랫동안 섬나라의 습기 속에 파묻혀 윤곽조차 모호해진 내 몸을 새로 조각하는 듯했다.

공기도 차가워 숨을 들이마실 때마다 얼음 조각을 폐로 빨아들이는 것만 같았다. 심지어 젊을 때처럼 또렷하고 상쾌한 몸으로 되돌아간 듯한 착각마저 들었다.

젊을 때가 떠올랐다.

그때는 세상에 사계절의 구분이 없었다. 여름은 숨이 막힐 만큼 길고 서풍은 시 속에나 존재했기 때문에 함박눈을 상상하며 버티는 수밖에 없었다.

태양이 자취를 감추고 기온이 영하로 떨어졌다. 나는 그토록 바라던 강설과 어느 때보다 가까워졌다.

뉴욕에 오기 전 짬을 내서 본가에 다녀왔다. 아버지가 이십 년 동안 만두를 판 돈으로 마련한 난지창(南機場) 공공 주택에는 이제 어머니만 혼자 살고 있었다.

다행히 청력만 나빠졌을 뿐 어머니는 혼자 사시기에 무리가 없었다. 형 둘과 누나 둘 아래의 막내아들인 나는 그동안 떠돌기만 했지, 집에 아무 힘도 보탤 수 없었다. 어머니와 거실에 앉아 한국 드라마를 보면서 줄거리를 설명하다 보니 마음이 무척 무거워졌다. 평소에는 어머니 혼자 그냥 텔레비전 화면만 멍하니 보고 계시겠구나 싶어서였다.

원래도 어머니한테 내 생활에 관해 이야기한 적이 거의 없으니 아직 벌어지지 않은 일은 더 말할 필요도 없었다. 중고 피아노 사업이 정말 실현될 수 있을까? 아르바이트에 가까운 지금 조율 일로는 나 혼자 먹고살기도 빠듯하니, 언제쯤 부양하는 데 힘을 보탤 수 있을까?

광고가 나올 때 어머니가 갑자기 생각났다는 듯 추 선생님이라는 사람이 전화해 연락을 부탁했노라 했다.

올해 대학에서 정년퇴직한 선생님은 캐나다에 있는 딸이 친족 이민을 신청해 돌아오는 월말에 떠난다고 했다.

자랑스러운 제자와는 한참 동떨어진 나를 선생님이 만나고 싶어 했다는 사실에 감사인지 체념인지 알 수 없는 감정이 밀려들었다. 어릴 적 기억 속의 상냥하고 아름답고 자애로운 미녀 선생님은 이제 짧은 머리카락에 둥글둥글한 노년 부인이 되어 있었다.

그동안 선생님은 끊임없이 노력했다. 초등학교 음악 선생님으로 재직하면서 연수를 받아 고등학교로 옮겨 가고 외국에서 석사 학위를 받아 돌아온 뒤 사범 전문대 강사가 되었다. 그런 다음에도 무급 휴직을 신청해 음악 교육 박사 과정을 밟으러 나갔고, 외국에 있을 때 정보 관리를 전공하는 미래의 남편을 만났다. 몇 년 뒤 전문대가 단과 대학으로 바뀌었고 단과 대학이 다시 종합 대학으로 승격했다. 그러면서 선생님은 정식 대학교수가 되었고 몇 년 뒤에는 학장까지 지냈다.

선생님이 쉼 없이 노력하며 살다가 이제 명예롭게 은퇴했으니 나는 당연히 기뻤다. 그때 선생님이 숭배하던 피아니스트와 맺어지지 않아서 다행스럽기도 했다.

하지만 나는 눈앞의 추 선생님과 당시의 추 선생님을 연결할 수 없었다. 뭐라 표현할 수 없는 아쉬운 마음이 들었다. 나와 피아니스트가 실망시킨 것 외에 또 어떤 일과 사람들이 선생님을 젊은 시절의 음악에서 점점 멀리 밀어냈는지 궁금했다.

"항상 널 생각했어."

그렇게 말하면서 추 선생님은 돋보기를 쓴 뒤 거실 탁자 밑에서 크라프트지 봉투를 꺼냈다. "얼마 전에 짐을 정리하다가 이걸 발견했어. 보렴!"

내가 초등학교 때 대회에 나가서 받은 상장과 증서였다.

"그때 집에 가져갔다가 아버지한테 들키면 안 된다고 선생님한테 보관해 달라고 했잖아. 나중에는 나도 잊어버렸지!"

어쩌면 선생님 스스로도 그 꿈들을 잊어버렸던 게 아닐까.

어쩌면 선생님이 나를 만나고 싶었던 이유도 포기해버린 또 다른 누군가가 필요해서가 아니었을까. 이별을 앞두고 편안히 마침표를 찍기 위해서?

"사부님이야."

"사부님 안녕하세요?"

밖에서 들어오는 사람을 향해 나는 황급히 허리를 숙였다. 등산이나 트레킹을 하고 돌아온 듯 목에 수건을 두르고 어깨에 수통을 메고 있었다.

작지만 다부진 몸의 사부님은 이미 은퇴했어도 계속 의미 있는 노년을 보내겠다는 결의를 표출하듯 과묵하고 단호한 표정을 짓고 있었다. 그는 웃으며 몇 마디 인사만 하고 거실을 나갔다. 서로의 인간관계를 존중하기로 부부간에 이미 합의가 된 듯했다. 추 선생님 집에 들어온 뒤 어렴풋하게 느껴지는 모종의 분위기가 있었는데 드디어 그에 어울리는 표현을 찾아낼 수 있었다. 질서 정연.

더 이상 음악과 관련된 화제를 입에 올리지 않자 우리

만남은 옛 친구들이 만나 회포를 푸는 것처럼 평범해졌다. 어느새 나도 중년에 들어서인지 뜬금없이 눈물이 날 것 같은 순간도 있었다. 특히 선생님이 갑자기 화제를 돌려 왜 결혼하지 않았느냐고, 적합한 사람을 못 만났느냐고 물었을 때 그랬다.

삼십 년 전의 추 선생님이라면 절대 그런 말을 할 리 없었다. 하지만 나도 눈앞의 선생님한테 적합한 사람이 어떤 사람이냐고, 적합이라는 말은 피아노와 연주자의 조합에도 쓰기 힘든데 멀쩡히 살아 있는 사람한테 쓰면 누구나 당연시하는 기준으로 변하느냐고, 그게 무슨 의미인지 모르는 사람은 나밖에 없느냐고 따지고 싶지 않았다.

선생님은 삼십 년 전에 사부님을 만나자마자 곧바로 '적합한 사람'임을 알았을까? 평생에 걸쳐 적응한 뒤에야 얻은 결과라면 그건 애당초 운명을 받아들이냐 마느냐의 문제에 불과할 뿐이었다.

작별 인사를 건넬 때에야 나는 다음 주에 뉴욕에 간다고 말했다.

그 지명을 처음 듣기라도 한 듯 선생님의 눈빛이 순간

적으로 흐려졌다. 하지만 얼른 졸업생을 환송하는, 분명 딱딱하게 굳었음에도 억지로 환하게 웃는 선생님 표정을 지었다. 그래, 재미있게 놀다 와. 뉴욕은 볼거리가 정말 많지!

나는 선생님이 뭔가 더 말할 줄 알았다.

그제야 나는 피아니스트가 선생님에게 아무 의미 없는 과거가 되었음을 알았다.

그날 저녁 린쌍은 공연 시작 십오 분 전에야 극장에 도착했다. 입장을 기다리는 사람들 속에서 다급하게 두리번거릴 뿐 린쌍은 나를 한눈에 알아보지 못했다.

새 모자인가?

네, 오후에 이스트빌리지의 세인트마크스 거리를 돌아다니다가 이 베레모를 발견했어요. 버건디색이 아주 특이해서 낡은 야구 모자를 버렸지요.

린쌍은 앞뒤에서 훑어본 뒤 아주 좋다고 칭찬했다. 아들과의 점심 식사가 어땠느냐고 내가 묻기도 전에 린쌍이 먼저 온종일 무엇을 했느냐고 물었다. 나는 배낭을 열고 냉장고 자석 여남은 개가 든 비닐봉지를 꺼냈다.

길을 따라 걸어가다가 기념품 가게나 벼룩시장이나 중고 물품점이 나오면 들어가서 샀습니다. 내가 말했다. 색소폰, 기타, 피아노, 트럼펫, 바이올린, 첼로 등 각종 악기 모형인데 전부 사장님 드리려고 샀지요.

극장에서 공연 시작이 임박했음을 알리는 불이 깜빡거렸다. 린쌍은 비닐봉지에서 재빨리 하나를 꺼내 자기 주머니에 넣었다.

9

음색에 관해.

건반을 누를 때 우리의 청각 신경이 받아들이는 피아노 음은 세 부분으로 구성된다.

기본음이라 불리는 첫 번째 부분은 '웅웅' 하는 소리가 나고 두 번째 부분은 '챙챙' 하는 소리가 난다. 음의 강도와 맑기가 여기에서 대략적인 틀이 잡힌다.

세 번째 부분에서는 소리에 표정이 더해진다. 빛의 명암과 비슷하다고 할 수 있으며 '쓰쓰' 하는 소리로 제어된다. 웅웅, 챙챙, 쓰쓰를 어떤 비중으로 어떻게 배합하는가가 우리 귀에서 느껴지는 음색을 결정한다.

음색은 음률이나 음정과 달리 백 퍼센트 정확하지 않지만 수학적 계산을 통해 근접할 수는 있다. 다만 음색은 완전히 주관적인 기호이다. 특정 유형의 사람에게 편견에 가까운 호감을 느끼는 것과 비슷하다. 그게 전생의 인연인지 뇌 신경 계통의 오작동인지 설명할 수 없어도 사람들은 그런 직감을 믿는 경향이 있다.

일반적으로 귀는 낭랑하거나 은은한 소리를 아름답다고 여기지만 음색은 그런 차원을 넘어설 때가 많다. 어떤 낭랑함은 다이아몬드처럼 날카롭고 또 어떤 낭랑함은 진주처럼 달콤하다. 그렇다면 은은함은 햇살처럼 경쾌할 수도, 혹은 물소리처럼 서정적일 수도 있지 않을까?

연주가가 요구하는 음색을 어떻게 이해할 수 있을까? 생동적이고 정확한 언어로 표현할 수 없는 음색은 존재하지 않는 것과 같다. 마찬가지 원리로 똑같은 어휘를 비슷하게 느낄 수 있는가도 풀어야 할 문제이다.

조율사라면 고객이 스스로 전문가라 생각해 평범함을

거부하면서 "조금 어둡고 음울하지만 따뜻하고 포용적이면서 섬세하게……"라고 요구하는 상황에 대해 마음의 준비를 해 둬야 한다. 고객 앞에서 웃음을 터뜨리지 않게 꾹 참을 줄 알아야 한다.

선율은 기록될 수 있다. 연주할 때의 감정 표현과 부분별 호응도 모방할 수 있다. 하지만 음색만큼은 정형화될 수 없다. 아무리 완벽한 음색이라도 오래 지속될 수는 없다.

반복적으로 현을 때릴 경우 시간이 갈수록 음색이 달라진다는 사실은 더 말할 필요가 없다. 하지만 대다수 사람은 언제까지나 최초의, 첫눈에 반한 듯한 경이로움에 머물기를 원한다.

그런 사람들이 잡고 싶은 것은 대체 무엇일까?

추상적 묘사가 아무리 기상천외해도 사실 조율사가 할 수 있는 일은 많지 않다.

주로 바늘로 찔러서 해머의 탄력을 바꾸고, 심하면 해머를 화학 용액에 담그는 정도이다. 그럴 때조차 목표는 해머와 현이 접촉할 때 경중이 다른 탄성을 만들어 윙윙, 챙챙, 쓰쓰의 비중을 강화하거나 연장하는 것뿐이다.

자기 귀를 만족시키려면 해머를 만신창이로 만들 수밖에 없음을 알아도 피아노 주인들은 계속 고집할까? 성형수술로 소위 완벽한 연인을 만든다면 그런 완벽함에서 여전히 개성을 찾아볼 수 있을까?

연주가가 주관적으로 추구하는 음색은 가슴에서 우러나오는 진동이 아니라 단지 어딘가에서 들어 본 기억에 불과한 것이 아닐까? 또 그런 기억은 시간의 흐름 속에서 이미 어긋나거나 비틀려 모종의 환상으로 변하지 않았을까?

세상과 동떨어진 원시 마을을 찾아 그곳 사람들에게 생전 처음으로 피아노 연주를 들려준다면 그들 마음속에는 어떤 욕망과 상상이 소환될까?

그들은 자기가 들은 소리를 어떻게 언어로 표현할까?

나는 음률을 잘 판별할 수 있는 귀를 가졌고 태생적으로 악보 기억력이 뛰어난 데다 음색 속 미묘한 차이도 구별할 수 있다. 하지만 기이하게도 개인적으로 선호하는 음색은 가져 본 적이 없다.

애당초 자기 피아노를 가질 수 없는 사람이 피아노 음색을 까다롭게 따진다면 그건 자기기만일 뿐이다.

어쩌면 이것도 연주가나 피아노 교사보다 조율사가 내게 더 적합하다고 여기는 이유일지 모르겠다. 음색에 대한 연주자의 집착과 완벽주의에 대해 나는 영원히 나와 상관없다는 태도를 취할 수 있기 때문이다.

조율 일은 나와 외부 세계를 연결해 주는 최소한의 접점이다. 원래는 누군가 신뢰하고 의지하는 대상이 되면 행복할 줄 알았다.

하지만 공범이 되는 것과 신뢰를 받는 것은 절대 같은 일이 아니었다.

처음에 나는 에밀리가 보여 준 모순과 복잡함에 이끌려 내가 마침내 남다른 음색을 들었다고 생각했다.

뜻밖에도 에밀리는 그 일이 있고 나서도 예정된 조율을 취소하지 않았다. 나는 에밀리가 참고할 만한 음색을 줄기차게 만들어 냈다. 하지만 에밀리는 한층 더 결론을 내리지 못하고 망설이다가 마지막에는 내 생각을 물어보기까지 했다.

나는 지금 제일 좋은 방법은 새 해머를 장착한 뒤 그걸 받아들이는 거라고, 이렇게 계속하다가는 피아노가 망가질 거라고 말했다.

나에 대한 에밀리의 호의와 이어서 드러낸 무력감은 내가 그녀와 대등하지 않음을 한층 더 절감하게 할 뿐이었다. 내 초라함은 이미 간파되어 그 남자가 다시 찾아왔을 때 에밀리는 아무렇지도 않게 소개해 주기까지 했다. 갈수록 나는 내가 계속 남아 있는 이유가 가끔 보여 주는 에밀리의 친절 때문이 아니라 에밀리가 어떻게 그 젊은 남자에게 짓밟히는지 보기 위해서일지도 모른다는 의심이 들었다.

에밀리는 오래전 내가 나사못으로 거칠게 긁어 놓은 스타인웨이를 상기시켰다.

내가 계속 빠져드는 함정은 성이나 사랑과는 무관했다. 그건 스스로에 대한 증오였다.

에밀리 앞에서 일부러 굴욕스럽고 불쌍한 모습을 보이

다 보니 어느 순간 나는 모종의 우위 같은 것을 갖게 되었다. 에밀리는 나를 싫어하고 두려워하면서도 유일한 동맹으로 여길 수밖에 없었다. 갑자기 암에 걸리지 않았다면, 틀림없이 말총머리 남자도 결국에는 나를 다른 눈으로 볼 수밖에 없었을 것이다. 전에 내 앞에서 신중하지 않았던 걸 후회했을 것이다…….

일 년 뒤 다시 그 집에 가서 에밀리의 스타인웨이 건반을 누르자 살짝 어긋나고 쉬고 처량하게 자비를 구하는 소리가 울렸다. 나는 그 음색에 화들짝 놀랐다. 누가 내 귓가에 대고 나직하게, 가지 말라고 말하는 듯했다.

대체 누가 이 피아노 속에 갇힌 걸까?

알고 보니 뉴욕의 밤 문화는 그 유명한 대로에 있는 게 아니었다.

이미 변경 지대 같아진 허드슨강 강가로 들어서자 갑자기 신천지처럼 불빛이 환히 켜진 식당가가 나타났다.

뮤지컬을 보느라 저녁 식사를 못 했던 린쌍은 메뉴판을 보자마자 피곤한 기색이 순식간에 사라졌다. 뉴욕에 머문 일주일 동안 린쌍은 늘 예전에 갔던 식당에 다시 가 보길 원했다.

대중식당 같은 햄버거 가게일 때도 있고 골목 안 오래된 건물의 그리스 식당일 때도 있었다. 그날 밤 뮤지컬이 끝난 뒤 린쌍은 잔뜩 흥분해 밤 10시에 나를 데리고 오십 년 되었다는 이탈리아 패밀리 레스토랑을 어렵게 찾아갔다.

빨강과 하양 체크무늬 비닐 식탁보가 깔려 있고 계산대 뒤에서 할머니가 돈을 받는 오래된 가게야말로 진짜 맛집이라고 린쌍이 말했다.

자리를 잡고 주문을 마친 뒤에야 나는 필라델피아에 갔던 일은 어땠냐고 물어볼 수 있었다. 린쌍은 한숨을 내쉰 뒤 아이 계부이자 전처의 남편이 폐암에 걸려서 일을 그만두고 집에서 쉬고 있더라고 말했다.

"정말 어이없지 않나? 다들 두 번째는 똑같은 실수를 저지르지 않을 줄 알지만 결과는……. 동병상련이랄까?"

무척 분주한 레스토랑에서 우리 테이블만 정적에 빠졌다. 영어가 배경음으로 아주 적합한 언어처럼 들렸다. 테이블마다 연극 리허설이 진행 중이고 사람들은 전부 자기 대사와 역할을 잘 아는 직업 배우들 같았다.

나는 아까 극장에서 공연이 시작되기 전에 린쌍이 봉투에서 기념품을 하나만 가져갔던 게 떠올랐다. 그래서 배낭에서 물건을 모두 꺼내 테이블에 올려놓은 뒤 전부 그에게 주는 거라고 다시 한번 말했다.

"내가 뭘 가져갔는지 맞혀 보게." 린쌍이 손을 외투 주머니에 넣었다. "뭐가 남았는지 살펴보지 말고 직관적으로 말해 봐."

답이 든 린쌍의 주먹을 쳐다보는데 무슨 이유인지 갑자기 서글퍼졌다. 나는 고개를 가로저으며 속으로 영원히 알고 싶지 않을 거라고 중얼거렸다.

내가 대답하지 않자 린쌍이 가볍게 웃은 뒤 손바닥을 내보였다. 트럼펫이었다. "나한테 이걸 주고 싶었다니 깜짝 놀랐네."

시장을 개척하려고 처음 뉴욕에 왔을 때 린쌍은 신문 광고를 보고 서블렛, 즉 단기 임대 집을 구했는데 그 집 냉장고에 처음 보는 이런 작은 물건들이 잔뜩 붙어 있었다. 린쌍은 수입하면 사업성이 있을지 한참 따져 보기까지 했다.

“아까 그 아파트를 보려고 둘러 오느라 늦을 뻔했지.” 린쌍이 말하면서 손에 든 물건을 만지작거렸다. “고작 한 달 묵었는데 아파트 구조가 다 기억나.”

“집주인을 만나 보셨어요? 어떤 사람이었나요?” 나는 린쌍의 과거가 궁금해졌다. “언제 일입니까?”

“삼십 년이 다 됐어. 아직 젊고 사업을 막 시작했던 때지. 매일 내는 호텔비가 부담스럽다니까 누가 저렴한 방법이라면서 알려 주더군. 원래 임대인은 일본 유학생이었고, 자기도 돈을 절약하고 싶었던 거야. 고국에서 여름 방학을 보내는 동안 괜히 방세를 물면 아까우니까. 귀여운 남자애였네. 일본에서 나한테 잘 적응했냐고 엽서까지 보내 줬지…….”

린쌍은 생각에 잠긴 듯 말을 끊었다가 갑자기 시선을 손바닥에서 내 얼굴로 옮겼다.

“서블렛이 미국에서는 아주 흔하거든. 그런데 낯선 사람을 믿는다는 게 정말 좀 이상하더라고. 전혀 모르는 사람이 자기 거처에 들어와 자기 침대에서 자고 자기 물건을 쓰는 거니까……. 나는 누군가 빌린 집에서 그를 대신

해 계속 살고……."

뜬금없이 감회를 털어놓는 바람에 어떻게 응대해야 할지 잠시 난감해졌다. 구석에 있던 사람이 갑자기 내 시선을 잡아끌지 않았다면, 나는 필라델피아에 갔던 일로 린 쌍이 힘들어하는 걸 진작 알아차렸을 것이다.

이어서 발생한 일은 너무도 갑작스러워 속수무책으로 당할 수밖에 없었다.

린쌍 뒤, 내 맞은편의 그 사람과 가끔 시선이 마주쳤지만 일 초도 넘지 않았다. 그래서 아무 신경도 쓰지 않았다.

아주 많이 놀라지는 않았다. 맨해튼이 그렇게 작은 줄 몰랐을 뿐이다.

그는 겨자색 코트를 입고 보라색 목도리를 두르고 있었다. 한물간 연예인만 할 법한 현란한 차림새였다. 하지만 내 시선을 잡아끈 건 역시 그의 외꺼풀 눈과 말총머리였다. 계산대로 향하던 그가 갑자기 우리 테이블을 보며 "더글러스!"하고 소리쳤다. 그러고는 다가와 린쌍을 끌어안고 "I'm so sorry……."라고 반복해 말했다.

나는 잠시 멍하니 생각한 뒤에야 그게 사과가 아니라 에밀리의 죽음을 애도하는 표현임을 알았다.

린쌍의 영어 이름이 더글러스였구나.

그 사람은 아무렇지도 않게 린쌍과 인사를 주고받았다. 내막을 아는 내가 자기 연기를 차갑게 지켜보고 있는 것에는 전혀 개의치 않았다.

두 사람의 반응으로 볼 때 아주 오랜만에 만난 듯했다. 에밀리의 장례식은 반년밖에 지나지 않았다. 뻔뻔스럽게 장례식에 불참해 놓고 지금 와서 슬픈 척한다고? 나는 뜨거운 열기가 가슴에서 이마까지 확 솟구치는 기분이 들었다. 몇 분 전까지 회상에 젖어 있던 린쌍이 황급히 웃는 얼굴로 그 작자를 끌어 앉히고는 내게 소개해 주었다.

"이쪽은 에밀리의 학생이었던 자웨이(家偉)네. 역시 게리라고 불러야겠지? 여기에서 만날 줄이야! 타이완에 오랫동안 안 왔을 거야, 그렇지? 에밀리가 몇 년 동안 중학교에서 음악 수업을 맡았던 걸 자네는 모르겠군. 자웨이는 아주 우수한 학생이었어. 고등학생 때 미국으로 유학가 줄리아드를 졸업했다네. 피아노를 전공했고. 내 기억이 맞지?"

내가 베레모로 바꿔 써서일까? 아니면 그냥 모르는 척하는 것일까? 아니, 워낙 초라하고 평범해서 말총머리는 내게 아무 관심도 느끼지 못하고 무표정하게 고개를 끄덕이는 게 틀림없었다.

순간 떠오르는 의혹을 곱씹어 볼 새도 없이 눈앞에서 웃고 떠드는 두 사람의 모습에 나는 무척 혼란스러워졌다.

에밀리는 그가 중학교 음악반 학생이라고 말한 적이 없었다.

린쌍한테 둘러대려고 지어낸 말이 아니라면 두 사람의 사랑은 언제 시작됐을까? 에밀리가 미국으로 유학을 가 두 사람이 재회한 뒤일까? 혹시 에밀리가 동부의 보스턴 대학을 선택한 것도 가까이에서 이 불륜을 이어 가기 위해서였을까?

나를 말총머리에게 소개할 차례가 되었을 때 린쌍은 선뜻 입을 열지 못했다. 내 이름이 갑자기 생각나지 않았거나 왜 나와 뉴욕에 왔는지 설명하기 싫은 듯했다.

지난 삼 개월여 동안 우리는 거의 둘이서만 만났기 때

문에 '자네'라는 호칭으로 충분했다. 휴대폰 메신저로 연락할 때도 내 계정 별명은 '피아노맨'이었다. 린쌍에게 나는 확실히 이름 없는 사람이었다.

음악 학원의 미래를 구체화하지 않은 상태에서 너무 많이 털어놓기 싫은 데다 상대가 특히 에밀리의 생전 학생이라면, 나처럼 직함도 없고 멋진 학력도 없는 사람을 어떻게 소개해야 민망하지 않을까?

"이쪽은 내 파트너……."

이 초 정도 공백이 흐른 뒤 린쌍의 시선이 갑자기 말총머리에서 내 얼굴로 옮겨 왔다. 그가 내뱉은 말이 답이 아니라 문제인 것처럼.

"파트너? You mean 'business partner', right?"

분명 중국어를 훨씬 유창하게 하는 걸 내가 들었는데도 말총머리가 왜 계속 영어를 쓰는지 이해할 수 없었다. 린쌍이 나를 파트너라고 부르자 그는 참을 수 없다는 듯 린쌍의 실수를 비웃었다. 뉴욕 사람들이 동성 연인을 지칭할 때 그렇게 부르는 줄 모르냐고 조롱하는 거였다.

"아, 사업 동료셨군요. 아직 논의 중이신가요? 그럼 방해하지 않겠습니다."

애당초 오래 앉아 있을 생각도 없었고 내가 누구인지는 더더욱 관심 없었기에 말총머리는 린쌍에게 몇 마디 인사말을 던진 뒤 황급히 물러났다. 내가 보기에는 줄행랑을 놓는 꼴이었다.

린쌍이 파트너라는 말의 용법을 어떻게 모르겠는가? 나조차 고등학교 때 외운 적이 있었다. 사실 사업 동료나 동거 연인까지 갈 필요 없이 그 단어의 가장 기본적인 뜻은 짝이었다. 테니스 복식이든 브리지 일원이든 모두 파트너가 필요했다.

남한테 방해받았다는 분노와 곤혹감은 확실히 쉽게 가시지 않았다. 그 작자가 야유하듯 경박한 어투로 우리한테 동성애적 농담을 던졌다는 게 특히 화가 났다. 나와 린쌍이 어떻게 동성애자처럼 보인단 말인가.

"저 게리라는 자는 정말 짜증 나네요! 그 차림새로 파트너니 뭐니 하다니. 자기야말로 동성애자 아니에요?"

"아니네." 린쌍은 침착하게 나이프와 포크를 들고 접시에서 오랫동안 기다리고 있는 송아지 스테이크를 썰었다.
"동성애가 혐오스러운가? 자네가 왜 그런 편견을 가졌는지 모르겠군……."

린쌍 얼굴에서 웃음이 사라졌지만 나는 내 입을 제어할 수 없었다. 왜인지 린쌍을 격분시키고 싶었다. 그와 동시에 내 분노는 내 의도와 상관없이 갈수록 비틀려, 아까 린쌍이 시종일관 웃음을 지었다는 게 말총머리가 나를 무시한 것보다 더 모욕적으로 느껴졌다.

"딱 봐도 가식적인 작자잖아요! 그런 가식덩어리에게 왜 예의를 갖추셨죠? 영어를 남발해서요? 멀쩡하게 중국어를 할 수 있으면서! 동성애자면 동성애자지, 왜 자기가 대스타인 척 구느냐고요?"

"어? 그가 중국어를 할 수 있는 줄 어떻게 알았나?"

린쌍이 정말로 내 헛소리를 다 듣고 있을 줄은 몰랐다.
"아까 중학교까지 다닌 뒤에 출국했다고 하셨잖아요. 화제 돌리지 마세요."

"지금은 중국어보다 영어가 편한가 보지."

"그럼 그것도 아세요? 그 작자는……."

"왜 그렇게 그에게 관심이 많아?"

린쌍이 마침내 인내심을 잃었다. "그럼 말해 주지. 나는 그가 동성애자가 아니라는 것뿐만 아니라 연상의 여자를 좋아하는 것도 알아."

마지막 말에 나는 결국 입을 다물었다.

망치로 정수리를 얻어맞은 듯했다. 머리가 빠르게 돌아가지 않아 나는 얼떨떨한 표정으로 린쌍을 바라보았다. 이걸 지금 화제를 마무리 짓는 농담으로 생각하는 걸까? 아니면 내게 던지는 경고인가?

분노도 경멸도 없이, 오히려 내가 자기 말을 안 믿을까 봐 걱정이라는 듯 린쌍은 무척 진지한 표정까지 지었다.

말없이 서로를 바라보는 몇 초 동안 나는 쨍쨍, 캉캉 하는 날카로운 잡음을 들었다. 레스토랑의 보이지 않는 구석에서 장난꾸러기 아이가 장난감 피아노를 망가질 때까지 쉬지 않고 두드리는 듯했다.

에밀리가 남들한테 발설할 수 없는 무슨 결혼 생활의 비밀을 애인에게 털어놓았던 게 아닐까?

만약 말총머리의 조롱이 겨냥하는 바가 있었다면?

그들 결혼 생활의 비밀을 내가 안다고 생각했는데 사

실 그들 사이에는 비밀이 없었을 수도 있었다. 혼인 관계로 서로를 엄호하는 건 그다지 놀랄 일도 아니었다.

나는 이게 상처 입은 에밀리가 다른 차원에서 치는 장난일지 모른다고 의심이 들 지경이었다. 수백만 명이 사는 뉴욕에서 하필 말총머리와 마주치다니, 어떻게 이렇게 공교로울 수 있단 말인가?

신은 음악으로 영혼을 꾀어 육체에 집어넣었지, 라고 피아니스트가 말했다.

원래 영혼은 평등했지만 육체는 아니라서, 인간 세상에서 평등은 예술에 의해서만 이루어졌어.

피아니스트가 그 이야기에 보탰던 설명이 갑자기 떠올랐다. 피아니스트는 세상을 떠나기 전까지도 그렇게 믿었을까?

귀는 음악에 만족해도 다른 감각 기관은 여전히 소란을 피웠다. 육체를 버리면 나와 피아니스트, 에밀리, 린쌍, 추 선생님…… 우리는 어떤 세상에서 살게 될까? 우리의 만남은 완전히 다른 이야기가 될까?

피아니스트의 그 당시 고통을 마침내 이해할 수 있었

다. 그는 피아노를 정복하고 팬들의 귀를 정복했지만 자기 육체는 길들일 수 없었다. 육체는 잔인하고 야만적인 방식으로만 만족시킬 수 있었다.

나는 시선부터 돌리고 조금 전의 추태를 후회하며 황망하게 화장실로 갔다. 하지만 화장실 안으로 들어가지는 않고 문밖에서 다른 손님들이 드나드는 것만 지켜보며 혼란스럽고 다급한 호흡이 가라앉기를 기다렸다.

자리에 남아 텅 빈 테이블을 마주하고 있는 저 실루엣이 내 미래의 모습은 아닐까?

싸구려 플라스틱 화분대 너머로 훔쳐보니, 린쌍이 내가 테이블에 올려놓은 기념품 봉투를 들어 아까 손에 쥐고 있던 것을 넣었다. 그런 다음 봉투를 말아 외투를 걸쳐놓은 자기 옆의 빈자리에 놓았다.

린쌍처럼 부족한 게 없는 사람들은 보잘것없는 선물에 쉽게 감동했다. 하지만 나는 린쌍이 물건을 챙기는 동작에서 어떤 위안도 받을 수 없었다. 오히려 형용할 수 없는 난감함과 당장 봉투를 뺏어서 전부 내던지고 싶은 강렬한 충동에 휩싸였다.

속아서 육체에 들어간 영혼들은 과연 그 쓸데없고 연약한 껍데기를 서로 바꾸고 싶지 않았을까?

린쌍의 영혼에 피아니스트의 육체가 주어졌다면, 혹은 내 영혼이 금발에 파란 눈을 가진 몸에 들어갔다면, 유감 같은 건 전혀 없었을까?

내가 돌아와 자리에 앉자 린쌍은 내일의 마지막 일정인 브롱크스 지역의 피아노 창고 방문에 대해 의논하자고 했다.

린쌍의 표정은 아무 일도 없었다는 것처럼 레스토랑에 막 들어왔을 때와 똑같이 평온했다. 나는 정말로 음악 학원을 변경할 계획이냐고, 아니면 더 가 봐야 의미 없다고 말했다. 린쌍은 내 말뜻을 못 알아들은 듯, 어쨌든 일단 호텔에 돌아가 쉬고 내일 일찍 갔다가 일찍 돌아오자고 대꾸했다.

나는 고개를 끄덕이며 미소를 짜내는 수밖에 없었다.

린쌍이 계산을 마친 뒤 함께 레스토랑 입구로 갔다가 나는 바깥 풍경이 들어올 때와는 완전히 딴판인 걸 발견하고 나도 모르게 소리쳤다. Oh my God!

처음에는 무슨 일인가 했지만 린쌍은 유리창 바깥을 바라보는 내 표정을 보고는 곧장 알겠다는 듯 웃었다. 눈을 처음 보나?

눈송이는 어렸을 때 만화 영화에서 보았던 것처럼 느릿느릿 떨어지지 않았다. 즐비한 고층 건물 사이로 휘몰아치는 강풍 속에서 미친 듯 흩날렸다.

가로등에 비친 작고 검은 눈 그림자와 우수수 떨어지는 하얀 눈송이는 검은건반과 흰건반의 조각난 파편들 같았다.

하늘에서 떨어지기 전에 눈은 자기가 눈이 될 걸 알았을까?

나는 눈송이들과 함께 맨해튼 상공에서 빙글빙글 날아다니는 모습을 상상하며 멍하니 하늘을 쳐다보았다.

눈은 자신이 빗방울이나 우박이 될 거라고 여겼을까? 혹시 꿈에서 싸락눈이 되거나 무지개의 배경이 되지는 않았을까?

그러던 어느 날 날개를 펼치며 땅을 향할 때에야 눈이 된 걸 발견하지 않았을까?

낯선 도시와 낯선 눈.

휘몰아치는 눈발 속을 두 사람이 나란히 걸어가면서 바닥에 살짝 얼어붙은 눈을 밟을 때 울리는 들쑥날쑥한 발소리는 피아노나 현악기가 필요 없는 합주 같았다. 천천히 걸어 호텔로 돌아가자 직원들이 바쁘게 소금을 뿌리고 눈을 치우는 게 보였다. 호텔 입구는 금세 예전처럼 깨끗해졌다.

너무 흥분해서인지, 어쩌면 그보다는 눈이 완벽하게 고요하지 않아서인지 이명이 생겼다.

나는 허공에서 끊임없이 부유하는 저음을 어렴풋하게 들었다. 마치 승려들이 경건하게 불경을 읊을 때 만들어지는 공명 같았다.

호텔로 들어가기 전에 나는 다시 한번 고개를 들어, 세상을 가득 메운 눈이 하늘에 만들어 놓은 또 다른 별들의 지도를 쳐다보았다. 그때 불현듯 옆에서 두 손이 나와 내 어깨에 소복이 쌓인 눈을 털어 주었다.

내일 아침 8시에 로비에서 볼까?

나는 고개를 끄덕였다.

이 도시의 모퉁이에서 흔히 볼 수 있는 저녁 인사처럼

나는 객실 문 앞에서 상대를 잠깐 안았다가 몸을 돌려 객실 카드키를 꺼냈다.

10

무대에서 리흐테르가 천천히 일어나 아래쪽 청중을 향해 살며시 고개를 숙일 때 공연장은 정적에 휩싸였다.

누구도 감히 그 엄숙하고 가슴 벅찬 순간을 깨지 못했다.

평생 인터뷰를 꺼렸지만 말년에 리흐테르는 프랑스 영화감독 몽생종의 다큐멘터리 제의를 받아들였다.「에니그마」라는 제목의 영화는 리흐테르가 세상을 떠난 이듬해에 상영되었다. 이 영화 덕분에 수천만 팬들은 음악 대가의 무대 밖 진실한 모습까지 볼 수 있었다.

리흐테르는 그 자체가 하나의 세계로서 은밀하게 빛났

다. 몽생종 감독은 리흐테르가 소박하게 연주하며 완벽하게 자유롭다고 묘사했다.

정말 그랬을까? 「에니그마」라는 영화 제목은 리흐테르가 수수께끼 같은 인물이라 누구도 제대로 알 수 없었다고 암시하는 게 아닌가? 처음 유튜브에서 영상을 찾았을 때 나도 모르게 어떻게 생각하느냐고 물을 뻔했다.

애석하게도 이미 세상을 뜬 피아니스트는 영화를 볼 수 없었다.

하지만 나는 상상을 멈출 수 없었다. 피아니스트가 나와 함께 봤다면 어떤 반응을 보였을까? 연로한 대가가 자기 죽음을 예감한 듯 일부러 기록을 남긴 걸 보고, 자신은 머리카락이 빠지고 이가 흔들릴 때까지 기다려 뭔가를 규명할 필요가 없다며 오히려 기뻐하지 않았을까?

특히 리흐테르가 평생의 '반려자'인 가수 니나 도를리아크와 함께한 시간을 묘사하는 장면에서 말이다.

열렬히 구애하거나 첫눈에 반하는 식의 연애사는 없었다. 대가는 처음 니나의 노랫소리를 들었을 때 강한 인상을 받았다고만 말했다. 그런 다음 카메라는 똑같이 야위고 초췌한 니나에게로 넘어갔다.

어느 날 그가 찾아와 함께 음악회를 열지 않겠냐고 묻더군요, 하고 니나가 말했다. 그는 당시에 이미 유명 인사였어요. 나는 피아노 연주와 노래를 반씩 하자는 의미냐고 되물었지요. 뜻밖에도 그는 내게 반주를 해 주겠다더군요.

그랬다. 음악계 스타였던 리흐테르가 니나의 반주를 맡았다. 사십 년이 흘렀는데도 니나는 그 이야기를 할 때 감개무량해하며 기쁨을 숨기지 못했다.

다시 리흐테르의 목소리로 넘어갔다. 1946년 그녀의 아파트로 들어갔습니다. 그전까지는 특정한 거처 없이 공공 숙소에서 다른 사람과 함께 지냈지요.

완벽한 짝이자 평생의 동반자였던 니나는 리흐테르가 떠나고 몇 개월 지나지 않아 숨을 거뒀다. 죽을 때까지 함께였지만 그들은 정식 혼인 관계는 맺지 않았다. 동거가 삶의 질을 높인다고 당연시했던 듯했다.

대외적으로 리흐테르와 니나의 관계는 '정신적' 결합만 인정받고 나머지는 보는 사람 각자의 판단에 맡겨졌다.

이어서 다큐멘터리는 어떻게 피아노를 고르는가로 넘어갔다.

줄곧 약하고 나른했던 대가의 어투가 그 순간에는 놀랍게도 격정적으로 바뀌었다. 나는 어떻게 피아노를 골라야 하는지 모릅니다. 언제나 그랬어요! 미국에 연주하러 갔을 때 피아노를 고르라고 했습니다. 자그마치 열두 대 중에서요. 그러니까 오히려 제대로 못 치겠더군요!

직접 피아노를 고른 게 연주에 해가 되었습니다. 그건 운명을 선택하는 것처럼, 하면 할수록 엉망이 됩니다.

피아노 선별은 조율사의 일입니다. 성 베드로처럼 믿음이 깊으면 물 위를 걸을 수 있고 믿음이 없으면 가라앉아요. 오히려 엉망인 피아노에서 훌륭하게 연주한 때도 있었다니까요.

얼마나 자신만만하고 얼마나 제멋대로인가!

하지만 질문자도 모순을 발견한 게 틀림없었다. 리흐테르는 안 고른 게 아니라 어떻게 골라야 하는지 몰랐고 심지어 자신이 선택하는 걸 두려워했다. 그래서 질문자는 집요하게 물음을 이어 갔다.

그럼 어떤 피아노를 원하십니까?

수사받는 용의자가 무심결에 진실을 털어놓듯 리흐테르가 마침내 속마음을 드러냈다. “저는 늘 원하는 게 없었습니다.” 체념에 가까운 어투로 미루어 그것은 피아노만 의미하는 게 아니라 언제든 드러날 수 있는 자기 영혼 속, 간절히 원했음에도 끝내 얻지 못하고 불살라진 공허를 의미하는 듯했다.

그런 다음 대가는 재빨리 평정을 되찾고 침착하게 덧붙였다. 중요한 건 음색입니다. 야마하 피아노에는 그런 음색이 있지요. ‘매우 여리게’, 피아니시모. 가장 감동적인 음색은 극도로 강한 게 아니라 아주 약하디약한 음입니다…….

확실히 말년에 순회공연을 다닐 때, 리흐테르는 피아노 선별이라는 공포를 없앨 유일한 방법이라는 듯 야마하 피아노를 직접 공수해 갔다. 또 바로 그런 이유로 비행기를 타고 해외에 나가는 걸 끔찍이 싫어하는 리흐테르가 일본에는 여덟 차례나 공연하러 갔다.

하지만 곰곰이 따져 보면 그 고백에는 여전히 모순이 있음을 발견할 수 있다. 리흐테르는 언제부터 “피아노가 아무리 엉망이어도 훌륭하게 연주할 수 있다."라는 초월적 태도를 버렸을까?

설마 그런 자신감은 위장에 불과했던 것일까? 그때에는 완벽하게 신뢰하는 조율사가 대신 피아노를 골라 주었기 때문에? 이후 야마하를 제외한 다른 피아노를 고려하지 않았던 건 그 조율사가 떠나서 어쩔 수 없었던 게 아닐까?

이봐요! 당신도 그 오스트리아 조율사가 현장에 있어야만 무대에 오를 수 있다고 말하지 않았나요? 나는 상상 속 피아니스트에게 소리쳤다.

'늘 원하는 게 없었다.'와 '어떻게 고르는지 항상 알지 못했다.' 사이에서 결국은 선택해야 했다.

모든 살아 있는 중생은 다양한 브랜드와 스타일의 피아노들처럼 다채롭고 복잡하지 않던가?

그렇다면 많고 많은 사람 속에서 리흐테르가 니나를 선택한 걸까, 아니면 니나가 리흐테르를 선택한 걸까?

불도 켜지 않고 더듬더듬 침대를 찾은 뒤 어둠 속에서 창가로 가 커튼을 걷었다. 여전히 눈이 펑펑 쏟아지고 있기에 아예 커튼을 활짝 젖혀 창문 밖 설경을 방에 걸린 그림으로 만들었다. 한참을 뚫어져라 쳐다보자 살짝 현기증이 났다. 흐릿한 허공 속에서 끊임없이 휘날리는 눈발은 천군만마가 되어 언제든 돌파할 수 있다는 기세로 창문까지 돌진해 와서는 미련 없이 부서져 내렸다.

눈은 결코 가볍기만 한 게 아니라 그렇게 무시무시할 수도 있었다.

지금 돌아보니 그 설경이 뉴욕에 관한 가장 강렬한 인상으로 남았다. 나머지 것들은 선입견 일색의 소문과 상상에 뒤섞여 버렸다.

그날 밤 잠을 이룰 수 없었던 이유는 말총머리가 레스토랑에서 했던 말과 행동이 머릿속에서 계속 반복된 탓만은 아니었다. 아직 끝나지 않은 단편적 조각들이 뒤엉켜서라기보다 유령이 또 나타났기 때문이었다.

그랬다. 유령이라는 말 외에는 더 적합한 표현이 없었다.

원래는 전날 밤에 린쌍과 술을 마시며 허심탄회하게 이야기했어야 했다. 타이베이에서 린쌍과 자주 갔던 작은 술집이 그리웠다. 동업자가 된 뒤 우리는 사업과 상관없는 대화는 거의 하지 않았다.

가만히 되짚어 보니 말총머리와 만난 게 나쁜 일만은 아니었다. 나는 그렇게 스스로를 위로하는 수밖에 없었다.

말총머리가 끼어든 덕분에 그동안 조마조마하게 마음 졸이던 불안감이 해소되었다. 에밀리를 위해 더는 어떤 비밀을 지킬 필요도 없고 린쌍 곁에서 마냥 수행원 같다고 느낄 이유도 없어졌다. 심지어는 드디어 에밀리에게, 사라져요, 안녕히, 그동안 내가 린쌍을 위해 했던 모든 일을 지켜보았다면……, 하고 말할 수 있게 되었다.

말총머리를 내 머릿속에서 영영 떠나보낼 때 나는 에밀리도 조금씩 기억 속에서 뒤틀리고 부서지는 걸 느낄 수 있었다. 침대에 누워 노트북을 켜고 블루투스를 연결해 오랜만에 라흐마니노프를 들으며 나는 내키는 대로 피아노 거래와 관련된 사이트를 둘러보기 시작했다. 그때 갑자기 화면 구석에서 메일 알림창이 깜빡거렸다. 추 선생님 메일이었다.

친애하는 아이에게

얼추 짐 정리도 끝났고 모레면 나는 네 사부와 타

이완을 떠나.

그날 너를 봐서 정말 기뻤단다. 사실 예전에도 전화로 메시지를 남겼는데 자당께서 잊어버리셨던 것 같아. 그래도 떠나기 전에 너와 연락이 닿아서 한시름 놓았다고 할까.

'아이'라는 글자를 보니 웃음이 나다 못해 서글퍼지기까지 했다.

시차를 따져 보니 추 선생님은 오후에 서재에서 돋보기를 쓰고 천천히 자판을 두드렸을 듯했다. 마지막으로 인사할 때 꾹 억눌렀던 아쉬움이 다시금 떠올랐다. 그날은 뭐라 설명할 수 없는 수많은 감정에 휩싸였는데 지금은 선생님한테 죄송한 마음만 들었다. 나는 계속 편지를 읽었다.

만나지 못한 이십여 년 동안 우리에게는 상당히 많은 변화가 있었지. 네가 피아노를 포기하지 않았다는 걸 알고 무척 기뻤어. 네가 초등학교 2학년일 때 내가 방과 후에 억지로 남겼던 거 기억하니?

돌아보면 그때는 나도 음악과를 갓 졸업한 젊은이였어. 지금이라면 천부적인 아이를 어떻게 가르쳐야 할지, 조금 다르게 접근했을 텐데. 오랫동안 나는 그 일로 미안하기도 했고 걱정스럽기도 했단다. 당시 내가 경험이 없어서 방법이 부적합했던 건 아닐까, 네게 부정적인 영향을 준 건 아닐까 하고 말이야.

말로는 명확히 표현할 수 없어서, 또 괜한 노파심에 이 편지를 쓴다. 이십 대의 나는 사실 네 천재성과 재능을 부러워하고 질투했어. 하지만 너를 일깨워 준 선생이라는 점에서 무척 자랑스럽기도 했지. 그때 나는 이미 연주가라는 길이 내게서 멀어지고 있음을 어렴풋하게 느끼고 있었어. 그러다 네가 나타나면서 내 꿈을 다시 살려 보고 싶어진 거야. 다만, 그렇게 젊은 나이에 꿈이 대체 무엇인지 어떻게 진정으로 이해할 수 있었겠니?

긴 머리카락을 부드럽게 늘어뜨리고 늘 나긋나긋 말하던 선생님이 세월의 저편에서 나를 향해 다가왔다. 아니, 선생님이 아니에요. 나는 속으로 나직이 중얼거렸다. 내게 상처를 준 사람은 선생님이 아닌걸요.

나는 귀에서 이어폰을 빼고 눈이 펄펄 내리는 창밖을 바라보며 깊게 숨을 들이마셨다.

나는 늘 우리 과 학생들에게 꿈이란 반드시 좇아야 하는 것도 아니고 소유하거나 정복해야 하는 것도 아니라고 말했어. 그건 양심처럼 가슴에 있는 가장 진실한 선율이지, 몸 밖에 있는 게 아니라고.

수많은 젊은이가 꿈을 찾고 좇아야 한다면서 계획을 세운 뒤 누구는 이루고 누구는 이루지 못해. 한때 꿈이라 불렸던 것들은 현실 속에서 기록으로만 남을 뿐이고.

절대 오해하지 마. 널 가르치려는 게 아니야. 나는 이미 네 음악 선생으로서 자격이 없고 네 수준도 나를 한참 뛰어넘었을 테니까. 그냥 내 이십여 년의 경험을 나누고 싶을 뿐이야. 그건 괜찮지?

이렇게까지 말한 이상 네 사부조차 모르는 비밀을 알려 줘야겠다.

(하하)

원래 눈물을 글썽이고 있었는데 여기에서 피식 웃음이 터졌다. 과연 그렇구나! 모든 결혼 생활에 비밀이 있었어. 그렇지만 추 선생님처럼 정직하고 밝은 사람도 예외가 아니라고?

선생님은 서른 살에 다시 외국으로 유학을 떠났어. 순조롭게 음악 교육 박사 학위를 땄지만, 사실 아무도 모르는 방황기가 있었단다. 혼자 타국에 있으면 외로움을 느끼기 쉽거든. 그래서 스페인계 배우 지망생과 정신없이 사랑에 빠졌어. 1992년 여름 우리는 뉴욕으로 이사하기로 했어. 그때 문득 내 꿈은 사랑하는 사람과 평생을 함께하는 것이고 오랜 기다림 끝에 마침내 이 남자를 만났다는 생각이 들었거든. 그를 위해서라면 밟고 있던 박사 학위마저도 포기할 수 있을 것 같았지.

사실 선생님은 네가 생각하는 것처럼 고지식한 사람이 아니라 용감하게 사랑을 추구할 때도 있는 사람이야!

하, 대단하네! 여기까지 읽고 나도 모르게 허벅지를 철썩 쳤지만, 이내 밀려드는 아련한 쓸쓸함에 순식간에 입가에서 웃음기가 얼어붙었다. 추 선생님조차 뼛속 깊이 박혀 떨칠 수 없는 기억이 있었다니…….

> 우리는 뉴욕에서 반년을 살았어. 나는 낮에는 중국인에게 피아노를 가르치고 저녁에는 그리니치빌리지의 작은 술집에서 피아노를 쳤어. 손님들한테 팁을 받기 위해 예전에는 몰랐던 브로드웨이 노래를 많이 배웠지. 남자친구는 끊임없이 오디션에서 떨어졌지만 포기하지 않았어. 뉴욕의 수많은 배우처럼 레스토랑에서 웨이터로 일하면서 기회를 기다렸어.
>
> 확실히 처음에는 신기하고 행복하더라. 어렸을 때부터 나는 품행이 단정하고 공부도 잘한다는 평을 들었고, 설령 유명한 연주가는 못 돼도 교수가 되면 그것만으로 훌륭하다고 생각했어. 나는 세속적인 것들은 내버린 채 '나 자신을 위한 삶'을 살고 있다고 여겼지. 그런데 반년쯤 지난 뒤부터 나와 남자친구는 툭하면 돈 때문에 싸우기 시작했어. 꿈을 이룬 뒤에도 잡다한

생필품이 필요하다는 걸 발견했던 거야.

너도 분명 조지프를, 내가 너한테 스승으로 연결해 줬던 피아니스트를 기억하고 있겠지? 뉴욕에서 다시 연락이 닿은 뒤에야 중병에 걸린 걸 알았어. 조지프가 세상을 떠나기 몇 개월 전 어느 밤, 그 애가 음악 신동이었을 때 녹음한 연주 앨범을 함께 들었거든. 그런데 조지프가 갑자기 묻더라.

너는 네 집이 대체 어디라고 생각하니?

나는 말문이 막혔어. 그 순간 나는 내가 심오한 고전 음악을 위해 매진하던 시간을 그리워한다는 걸 알았지. 휘황찬란하게 빛나는 브로드웨이 거리를 걸으면서 꿈을 좇아 그곳에 온 온갖 유형의 사람들을 접하다 보니, 나는 인생이란 흑 아니면 백이라는 양자택일이 아님을 차츰 깨닫게 되었어. 소위 꿈이란 타고난 능력과 기회와 인맥에 좌지우지될 때가 많다는 것도.

진정한 꿈은 네가 가장 막막하고 방황할 때 너를 다시 끌어 주는 힘이란다. 조지프가 세상을 떠난 뒤 그런 생각이 한층 강해졌어.

이런 말들을 잔뜩 늘어놓은 건 내가 그 뉴욕행을 후회하지도 않고, 내게는 왜 더 많은 재능이 없을까 원망하지도 않는다고 말해 주고 싶어서야. 나는 가정을, 타이완으로의 귀국을 선택했어. 더 높이 올라가지 않아도 되는 그 선택이 오히려 내 마음속 선율에는 훨씬 적합했지.

그날 선생님이 적합한 사람을 못 만났느냐고 물었던 거, 너무 기분 나빠 하지 마. 사생활을 캐물은 게 아니라 네가 어렸을 때부터 지켜봤잖아. 어떤 일은 제삼자가 더 잘 보는 법이고. 너 감정적으로 무슨 문제 있지? 그날 좀 넋이 나간 듯 보였어. 당시 선생님은 두려운 게 없었거든. 너도 좀 대범해지렴. 인생이란 원래 왔다 갔다 하는 법이니 두려워하지 마. 너는 꿈을 가진 사람이잖아. 그건 틀림없이 필요할 때 나타나서 너만의 주선율을 되찾아 줄 거야.

조율사는 무척 도전적인 직업이지. 다만 너는 시작한 지 얼마 안 돼서 수입이 좀 불안정하겠구나.

선생님은 널 응원한단다. 고객도 소개해 줄게. 이미 우리 학교 콘서트홀 주임에게 말해 두었으니까 너한테 '콘서트홀 조율사'로 공연용 그랜드 피아노 두 대를 맡아 달라고 할지도 몰라.

아, 세 대겠구나. 겉면에 흠집이 있어서 덜 사용하는 스타인웨이를 잊어버렸네. 그건 조지프가 세상을 뜨기 전에 우리 학교에 기증한 피아노야. 그때 조지프는…….

나는 더 읽을 수가 없었다. 방 안이 히터 때문에 숨을 쉴 수 없을 정도로 답답했다.

창문을 열자 미친 듯 휘날리던 눈발이 차가운 공기와 함께 확 몰아쳐 들어왔다. 절반은 추운 겨울이고 절반은 더운 여름인 경계에서 나는 멍하니 서 있었다.

그렇게 오랜 시간이 흘러 진짜 눈이 마침내 내 몸으로 떨어지던 그 밤에……

누가 피아노의 그 영혼을 풀어 아득히 먼 곳에 있는 내게로 보냈을까?

11

이튿날 오전까지도 눈이 그치지 않자 린쌍은 기차를 타지 말고 차를 빌려 맨해튼 최북단 브롱크스에 가자고 했다. 가면서 우리는 거의 입을 열지 않았다. 가끔 린쌍의 기침 소리만 두어 차례씩 울릴 뿐이었다.

잠을 설친 데다 감기 기운도 있네. 린쌍이 말했다.

어젯밤 끼어든 뜻밖의 사건 때문에 밤새 잠을 이루지 못하고 전전반측하며 생각을 거듭했던 게 나 혼자만이 아니었다.

에밀리는 정말 한순간의 바람처럼 나와 린쌍 사이를

스쳐 간 걸까? 우리 사이에서 무형의 다리 역할을 해 주던 에밀리가 사라지자 우리는 컴퓨터 재부팅을 기다리는 것처럼, 눈을 쓸어 내는 와이퍼의 규칙적인 움직임만 조용히 지켜보는 수밖에 없었다.

린쌍이 갑자기 입을 열기 전까지 그랬다.

모레 자네 혼자 타이베이에 돌아가도 되겠나? 나는 좀 더 여기 있어야겠네.

의아함을 드러내지 않으려 애썼지만, 사실 속으로는 그토록 가벼운 통보에 당황하지 않을 수 없었다. 부자들은 전부 이렇게 제멋대로에 예측 불허인가?

아들이, 자네도 알다시피, 내년에 대학에 들어가. 그 남자는 지금 중병에 걸렸고 전처 말로는 비관적이라더군. 육 개월이나 어쩌면 더 짧을지도?

가는 내내 작은 공간을 꽉 채운 침묵에 나는 진작부터 마음의 준비를 하고 있었다. 그건 단순한 물음표가 아닐 듯했다. 린쌍이 곧이어 뭔가를 선포할 것임을 어렴풋하게 짐작할 수 있었다.

앞으로 두 모자는 힘든 시간을 보낼 거야. 난 아들이 더 걱정되네. 그 애가 대학에 들어가면 함께 지낼 기회가 더 줄겠지. 난 아버지로서…… 아, 말할 필요도 없네. 가슴에 손을 얹고 생각해 보면 정말 무책임했어.

와이퍼가 유리창에 떨어지는 눈을 열심히 치우고 있어서, 잠시 말이 끊어질 때면 레코드판에서 바늘이 튀듯 규칙적으로 딸깍딸깍하는 소리가 들렸다. 아들을 돌보고 그들 가정이 갑자기 의지처를 잃을까 봐 걱정하는 건 어떻게 봐도 당연한 마음인데 왜 굳이 나한테 설명할까?

앞으로 어쩔지 생각해 둔 거 있나? 만약, 우리 계획을 잠정 중단하면?

과연.

해임될 사람에게 완곡하고 다정한 어투로 자기 입장을 먼저 드러내는 건 위험한 법이다. 비록 린쌍이 나를 파트너라고 불렀더라도. 또 비록 우리가 진정한 고용주와 직원 관계가 아닐지라도. 우리가 대체 무슨 관계라고 린쌍은 이토록 조심스럽고 미안한 어투를 쓸까?

이미 결정하셨다면 오늘 왜 가는 겁니까? 나는 더 참

을 수 없어 입을 열었다.

내 말은 잠시만 중단하자는 거네. 아들한테 보상해 줄 수 있도록 일 년만 시간을 주게. 그래서 앞으로 일 년 동안 어떻게 할지 의논하려는 거고. 자네는 무슨 계획이 있나?

린쌍이 잠을 이룰 수 없었던 이유가 이것이었나? 말총머리 놈한테 조롱을 받자 마침내 눈이 뜨여 내 꼬락서니를 알아챘으니, 어떻게 계속 곁에 둘 수 있겠는가?

가능하시면 바로 시작해도 문제없습니다. 우리가 마음에 두었던 피아노를 모두 기록해 두었으니 언제든 주문할 수 있거든요. 하지만 여기에서 그만두자고 하셔도 괜찮습니다. 이해할 수 있어요. 솔직히 그동안 내내 확신이 서지 않았습니다. 대체 무슨 생각이시죠? 그냥 저를 도와주시려는 건가요? 아니면 진심으로 이쪽 일에 뛰어들고 싶으신가요? 혹은…….

혹은 뭐? 나는 목구멍까지 올라온 질문을 던질 엄두가 나지 않았다. 우리가 내내 모른 척 고수해 왔던 자기기만을 린쌍이 지적할까 봐 두려웠다.

파트너라는 말에서 성별과 정욕과 돈을 제외하면 두

사람에게는 어떤 관계가 남을까?

왜 나일까? 어떻게 나일까? 설마 린쌍은 자기 파트너가 더 내세울 만하고 더 경험 많은 인물이길 원치 않는단 말인가?

린쌍이 갑자기 핸들을 돌려 길가에 차를 세우더니 시동까지 껐다.

요즘 자네를 보면 곤혹스러울 때가 많아. 처음 만났을 때와 같은 사람이 맞나? 예전에는 조용하고 진중한 줄 알았는데 어젯밤 레스토랑에서 대체 무슨 일인가?

어투에서 린쌍의 감정을 알아챘지만 나는 입을 꽉 다문 채 앞만 바라보았다.

하지만 그건 우리가 논의하던 일과 관련 없지. 나는 그저 우리가 동업자가 되면 자네도 더는 피아노 조율만 해서는 안 되고 한 부분을 책임져야 한다고 알려 주고 싶었네. 대체 그런 생각을 안 해 봤나? 그래서 자네더러 타이베이로 돌아간 뒤 준비를 시작해도 되고 내가 아들 일을 처리할 때까지 기다려도 된다고 한 거네. 정말로 자네가 부담스럽다면 그것도 오케이야. 어쨌든 피아노 학원은 끝내야 하니까 내가 다른 방법을 찾아볼 수도 있어…….

나를 조금씩 여기까지 밀어 놓고 이제는 또 내 문제라 말하고 있었다. 린쌍은 삼 개월 전 자신이 얼마나 엉망진창이었는지 잊어버린 게 분명했다. 한밤중에 피아노가 저절로 소리를 내고 이제 친구는 하나도 없는 것 같다고 하더니, 설마 그런 것들이 전부 내 상상이란 말인가? 술집에서 자기가 직접 이야기한 게 아니라?

만약 나도 남으면? 우리 두 사람 모두 뉴욕에 남으면? 그러면 결국 우리 모두 자유롭지 않을까……?

이런 상황에 이르렀으니 무슨 제안을 더 해 봐야 초라해질 게 뻔했다.

마침내 무대에서 내려와 인사할 수 있는 순간이라 분명 안도의 한숨을 내쉬어야 옳은데 내 마음속에서는 불안한 건반 소리가 마구잡이로 울리고 있었다. 설마 내가 또 한발 앞서서 엉뚱한 기대를 품었단 말인가? 남들을 위해 열심히 조율해 주었건만 정작 나 자신은 남의 손에 멋대로 현과 해머가 갈린 중고 피아노가 된 기분이었다.

어지러운 마음을 들키고 싶지 않아 나는 결국 침묵을 깨고 차분하게 말하기 시작했다. 우선 후베이(湖北) 이창(宜昌)이 피아노 제조업으로 얼마나 유명한지 아느냐고 물었다. 그곳에서 온갖 새로운 제작 기술이 개발됐으며 조율사도 많이 구한다고, 내가 처음부터 배우면 언젠가는 국제적 수준의 기술자가 될지 모른다고 말했다.

그건 비루함을 가리기 위해 급조해 낸 핑계가 아니었다. 정말로 육 개월 전에 그런 계획을 세웠었다. 다만 왜인지 몰라도 그 순간에 린쌍에게 말하려니 제대로 설명하기 힘들었다.

린쌍은 곳곳에서 전환점을 찾을 수 있고 어쩌다 잘못해도 다시 시작할 수 있었다. 그런 그가 다른 사람이 한 걸음 옮길 때마다 어떤 대가와 위험을 감수하는지 어떻게 상상할 수 있겠는가?

오랫동안 방치된 듯한 19세기 장원 앞에서 차가 멈췄다. 철조망 울타리에 '피아노 판매'라고 짤막하게 적힌 작은 목판만 걸려 있어서, 그곳이 뉴욕주 최대 중고 피아노

집산지라는 걸 믿기 힘들었다.

200미터 바깥에 거대한 창고가 있었는데 나는 그 건물 옆의 또 다른 작업장에 눈길이 갔다. 지붕 굴뚝에서 검은 연기가 풀풀 올라오고 있었다.

생각해 보겠습니다, 하고 내가 말했다. 모레 비행기를 타기 전까지 결정하겠습니다.

> 인생에는 방해물이 너무 많고 세상사는 번잡해요.
>
> 나는 나 자신이 싫어요. 그게 다예요.

「에니그마」는 대가의 그런 몇 마디 말로 끝나서 좀 허탈하기까지 했다.

다행히 당신은 영영 늙지 않을 테니 늙어 가는 게 얼마나 외로운지 몰라도 돼요.

애당초 나는 위대한 조율사가 될 수 없는지도 몰라요.

내가 대가와 그나마 비슷하다고 할 수 있는 점이라고는 나도 나 자신이 싫다는 것밖에 없으니까요. 그것뿐이지요.

창고 입구에서 우리를 맞아 준 사람은 사장의 아들인 칼이었다. 가족 사업을 이어받은 삼대째 인물로 통통한 유대인이었다. 사업적 언변이 무척 뛰어난 그는 만나자마자 어디에서 상품을 가져오는지 직설적으로 설명했다. 보통은 경매로 들여오며, 간혹 피아노 판매에서 손을 떼는 동종 업체에서 받아 오거나 파산한 공장의 채권자로부터 헐값에 일괄 구매한다고 했다. 매년 칠팔백 대의 피아노가 전 세계에서 컨테이너에 실려 이곳으로 수입된다고도 했다.

"물론 급히 처분하는 피아노도 간혹 있습니다. 주로 인근 주에 있는 피아노이지요. 그러면 그들이 직접 운반해 와야 합니다." 그렇게 말한 뒤 칼은 우리한테 눈을 찡긋하며 안타깝지만 내심 재미있다는 표정을 지었다.

"정말 이해할 수 없을 때도 있습니다. 부모가 죽은 뒤 재산을 처분하려는 자식들이나 이혼으로 재산을 나누려는 부부들이 아름다운 피아노를 너무도 다급하게 헐값에 내놓을 때가 그렇습니다. 흑단으로 만든 업라이트 피아노를 단돈 200달러에 샀다면 믿을 수 있으세요? 그런 피아노들도 전부 처음에는 감탄과 기쁨의 환호성 속에 집으로 들어가지 않았던가요?"

철문을 지나 창고로 향할 때, 해체된 피아노 부품과 철골이 복도 곳곳에 층층이 쌓여 있었다. 잔해 속에서 막 꺼낸 해머와 건반과 음향판이 아무렇게나 벽에 기대져 있고 걸음을 옮길 때마다 먼지가 일었다.

나는 옆쪽 건물의 굴뚝에 관해 물었다.

칼은 지극히 평범한 어투로 대답하며 손을 흔들었다. "아, 저희는 오래된 물건 속에서 사용 가능한 부품을 최대한 꺼내 외관이 양호한 피아노를 수리합니다. 쓸모없는 부품은 일단 여기에 두고요. 태울 수 없는 이런 것들은 마지막에 쓰레기로 매립됩니다. 완전히 해체된 피아노 본체는 화로에서 태웁니다. 이렇게 큰 창고를 겨울에 전기나 기름으로 난방하면 지출이 너무 크거든요. 보세요, 저기가 화로 입구입니다. 저 피아노들을 태워 온도를 유지해야만 다른 피아노가 다시 살아날 수 있습니다."

불꽃 속에서 피아노가 한 대씩 오그라들며 까맣게 타들어 가는 모습이 눈앞에 선하게 떠올랐다.

그곳은 맨해튼의 아름다운 가게들과 완전히 딴판이었

다. 가게에 진열된 중고 피아노 중 몇 대가 이런 수용소를 거쳐 갔을까? 정신 병원처럼 격리된 감방을?

소각장이 아치문 건너편 끝에 있었지만 타닥타닥 타들어 가는 소리가 들리는 것만 같았다.

피아노를 태우는 것만으로 창고의 온기를 유지하기는 힘든 게 분명했다. 칼을 따라 문을 하나씩 지날 때마다 한기가 발밑에서부터 온몸을 훑고 지나갔다.

마지막 아케이드를 지나자 아래로 내려가는 사다리가 나왔다. 사다리 앞에서 걸음을 멈췄을 때 농구장 두 개만 한 창고가 불현듯 나타났다.

창문은 없고 희미한 등불 몇 개만이 피아노 유해에서 사방으로 날리는 먼지의 바다를 비추고 있었다. 처치를 기다리는 백여 대의 낡은 피아노는 본체가 뜯기거나 음향판이 사라진 것도 있고 아직도 더러운 포장재에 싸인 것까지 있었다. 하나같이 생사를 알 수 없어 전전긍긍하는 불쌍한 모양새였다.

하늘도 보이지 않는 노예선에서 간당간당한 숨을 붙든 채 구원을 바라는 눈빛들이 떠올랐다.

덮개가 사라지거나 다리가 부러진 피아노, 속이 텅 빈 피아노도 있었지만, 따로 액션만 잔뜩 쌓여 있기도 하고 안쪽에서 들어낸, 더는 피와 살의 보호를 받지 못하게 된 신경 같은 구리 현 뭉치들이 벽에 걸린 채 덜거덕거리기도 했다. 공포 영화 속 동굴 같았다. 피아노들은 곳곳에서 잔인하게 잡혀 와 능지처참당할 운명에 놓인 인질들 같았다. 쉽게 팔 수 있을 만큼 상태가 양호한 몇 대를 제외하고 다른 피아노들은 결국 산산이 찢기거나 재조립됐다. 재조립된 피아노는 자신이 정신 분열증 환자처럼 느껴지지 않을까?

린쌍과 칼은 이미 창고 반대편 구석으로 가서 벽에 비스듬하게 늘어서 있는, 무늬가 조각된 나무판자를 마주한 채 뭔가를 논의하고 있었다.

섬세한 단풍나무와 우아한 흑단, 단단한 마호가니, 차분한 자작나무가 조각조각 나란히 늘어서 있는 모습을 보자 뒤집히길 기다리는 운명의 골패들이 떠올랐다.

거대한 피아노의 무덤에서 내가 느낀 감정은 경악이나 슬픔이 아니라, 죽어 가는 동료들이 모인 무인도를 마침내 찾아낸 고래가 늦게라도 만나 다행이라 여기는 기쁨이었다.

언제부터인지는 몰라도 나는 어딘가에서 들려오는 파손된 유해들의 부름을 계속 듣고 있었다. 그러다 그날 현실이 되었다. 그 장소를 찾아냄으로써 나는 마침내 그것들과 만났다.

그것들이 경쟁하듯 에워싼 포위망 속에서 나는 험할지라도 지나갈 수 있는 길을 찾으려 안간힘을 썼다.

거의 다 왔어. 곧 벗어날 수 있어…….

나는 전쟁터의 부상병을 위로하는 테레사 수녀라도 된 듯 마음속으로 가장 부드러운 어투를 이용해 형체가 완전히 달라진 양쪽의 피아노들을 하나하나 축원했다.

너희는 평생 인간의 허영과 저속함을 위해 봉사했지. 얼마나 힘들었는지 알아…….

수 세기 동안 천재나 대가의 은총을 진정으로 누린 행운아는 얼마 되지 않고 대부분은 헛수고만 했을 뿐이지……. 사실 내 인생도 너희와 별반 다르지 않아……. 맞다, 내가 음악과를 졸업하지 못했다고 아직 말하지 않은 것 같은데……?

그들이 나를 퇴학시킨 이유는 내가 학교 교실에 몰래 들어가서 오래된 피아노 넉 대를 염산으로 훼손했다는 거였어. 하지만 그들이 말한 사건을 나는 전혀 기억하지 못해!

내가 망가뜨린 피아노는 그 스타인웨이뿐이야.

그때 만약 훼손된 피아노가 이런 곳으로 보내지는 줄 알았다면 절대 손대지 않았을 거야! 내가 어떻게 피아노 도살자가 되겠어? 난 조율사인 것을! 조율사의 일이란 최대한 너희 결점을 감추고 보살펴, 너희가 사람들에게 감동을 주고 아낌과 사랑을 받도록 돕는 거잖아. 내가 어떻게 그럴 수 있겠어…….

내가 아니야! 아니야! 내가 아니라고!

나는 갑작스러운 내 울부짖음에 놀라 눈앞이 아찔해졌다. 린쌍과 칼이 깜짝 놀라 달려오는 게 흐릿해진 시야에 잡혔다.

그제야 어디에서 찾았는지 알 수 없는 쇠망치가 내 손

에 들린 걸 발견했다. 고개를 숙이자 다리가 부러진 낡은 피아노가 발 옆에 누워 있는데 누군가에게 맞아 덮개가 조각나 있었다.

건장한 노동자 몇 명에게 붙들려 문밖으로 내던져진 건 나중에 생각해도 정말 창피한 일이었다.

지금까지도 어떻게 그런 일이 일어났는지 모르겠다. 린쌍은 그 유대인에게 500달러를 물어 주었다고 했다. 하지만 나는 주차장에서 두서없이 린쌍에게 사과했던 일만 기억났다. 저는 안 될 것 같아요……. 할 수 없어요……. 죄송하지만 정말 어쩔 수 없어요, 정말…….

아무 말도 없던 린쌍이 그때 갑자기 내 이름을 크게 불렀다. "후(胡), 이(以), 루(魯)!" 그런 다음 히스테리 경련처럼 온몸을 쉼 없이 떨고 있는 나를 꽉 끌어안았다.

타이완 억양이 강해서 린쌍의 발음이 순간적으로 일본어처럼 들렸다. '오이시'나 '가와이'쯤으로 들렸다. 그러다 내 이름을 부르고 있음을 알았을 때 나는 통곡해야 할지 폭소해야 할지 알 수 없었다.

나는 힘없이 린쌍의 어깨에 기대면서 똑같이 까만 옷

을 입은 우리가 밤새 내린 눈으로 하얗게 변한 공터 위에 서 있는 걸 발견했다. 망가진 검은건반 두 개 같았다.

검은건반은 간격을 둔 채 나란하지, 흰건반처럼 딱 붙어 있을 수 없다. 그렇지 않은가?

곧이어 나는 린쌍이 호주머니에서 열쇠 꾸러미 꺼내는 소리를 들었다.

"내가 돌아갈 때까지 우리 집 피아노를 잘 돌봐 주겠다고 약속할 수 있겠나?"

린쌍의 손바닥을 바라보고 있으니 아주 오래전에 어떤 약속 때문에 감내해야 했던 고통이 떠올랐다.

12

1999년 일본 NHK 방송국의 인기 없는 야간 시간대 삼십 분짜리 음악 프로그램에서 일흔 살에 가까운 무명 피아니스트를 소개했다. 1932년 독일 베를린에서 태어난 후지코 헤밍으로, 아버지는 러시아계 스웨덴 화가이자 건축가이고 어머니는 독일에서 유학한 피아노 교사였다. 다섯 살 때 온 가족이 일본으로 옮겨 왔는데, 아버지는 일본 생활에 적응하지 못하고 처자식 셋을 남겨 놓은 채 혼자 스웨덴으로 돌아갔다. 1961년 독일에서 진학할 기회를 얻었지만 후지코는 타향에서 감기로 청력을 잃는 바람에 중

도에 포기할 수밖에 없었다.

해외에서 혼자 삼십여 년을 떠돌던 후지코는 1995년에야 조용히 일본으로 돌아와 피아노 교습으로 생계를 이어갔다. 그런데 평소에는 너무 평범해 주의를 끌지 못하던 그 프로그램이 엄청난 파장을 일으켰다. 기괴한 복장의 혼혈 노부인이 신비롭기도 하고 슬퍼 보이기도 해서였다.

몇 달 뒤 후지코의 첫 연주 앨범이 발매되었고 기적에 가까운 판매 기록을 세웠다. 고작 석 달 만에 삼십만 장이 팔렸다.

당신은 분명 그녀의 피아노 실력을 대단하다고 여기지 않겠지요. 전형적이고 오래된 교육 방식을 그대로 따르고 있으니까 놀랄 구석이 없다고 말할 거예요.

그런 건 다 차치하고 나는 그저 사례를 들어 당신이 사라진 뒤 시대가 어떻게 바뀌었는지 말해 주고 싶었어요.

피아노 솜씨가 아무리 뛰어나도 사연 있는 사람만 못하지요. 당신들 세대의 음악가들은 분명 다 꺼져 가는 늙은 나이에 인생 역전에 성공해, 한창 빛나는 신동보다 더 주목받을 수 있다는 걸 상상도 못 할 거예요.

굴드가 살아 있다면 뭐라고 원망할까요?

굴드는 앨범 녹음이야말로 왕도라며 공개 연주를 거부했잖아요. 하지만 그의 시대에 연주회가 미리 성공하지 않았다면 누구도 그의 음반에 주목했을 리 없음을 굴드는 잊어버렸던 거예요.

헤밍 여사야말로 굴드의 주장을 철저히 실행한 인물이지요. 연주회라는 단계를 완전히 생략하고 곧장 전설이 되었으니까요. 하지만 21세기에 들어서지 않았더라면, 그 인기 없는 프로그램이 끊임없이 전달되도록 인터넷이 부추기지 않았다면 노부인이 연주한 리스트의 악장은 시끄러운 군중 소리에 파묻혔을 거예요.

후지코 헤밍의 앨범 총판매량은 이미 백오십만 장을 넘어섰어요. 느닷없이 행운의 여신에게 선택돼 앨범이 불티나게 팔린 뒤에는 이십 년 동안 끊임없이 전 세계를 돌며 연주하고 있고요. 그래야 자신의 존재를 진정으로 증명할 수 있다는 것처럼요.

이미 아흔 살에 가까운 그녀는 파리, 베를린, 도쿄, 뉴욕에 거처를 마련해 놓고 변함없이 혼자서, 변함없이 무심하게 지내요. 집이 네 곳이라는 사실에 진작부터 익숙해진 것처럼 보이더라고요.

결혼은커녕 제대로 된 연애조차 해 본 적이 없다면서 인생의 대부분을 얼마나 쓸쓸하게 표류했는지 오직 자신만이 안다고 했지요.

육신이 아직 존재한다면, 조지프, 당신도 그렇게 늙어 가고 싶나요?

아니면 그런 강인함은 도저히 따라잡을 수 없다고 고개 숙이며 인정할 건가요?

일반인 눈에 후지코 헤밍은 고전 음악이 구체적으로 형상화된 것처럼 보이나 봐요. 오래됐고 비틀거리고 고집스럽고 미친 듯하며 가늠할 수 없지요. 그렇게 많은 사람이 그녀에게 미혹된 데에는 이유가 없지 않아요.

어쩌면 우리는 고전 음악 속에 감춰진 블랙 유머를 간과했는지도 몰라요.

이백 년 전 어느 밤 어떤 귀머거리가 갑자기 웅대한 포부를 갖고 「운명 교향곡」을 작곡하리라 마음먹었다면, 그런 발상은 스스로 생각해도 웃기지 않았을까요? 사실은 교향곡 전반이 그의 기이한 웃음소리와 고함으로 가득한 광기 속에서 완성된 게 아닐까요?

반면 무대에서는 어떤 연주가든 똑바로 앉아 극도로 집중한 채 모든 음을 한 치의 오차도 없이 장악하려고 하지요.

아이러니하게도 모든 공연의 그 순간은 운명이 가장 통제되지 않는 순간이기도 해요.

운명은 늘 우리가 의식하지 못하는 상황에서 조용히 경로를 바꾸잖아요. 어떤 사람은 한순간에 성공하고 어떤 사람은 갈수록 고꾸라지지요. 하지만 대체 몇 번째 소절에서 돌연 운명의 신이 곁눈질을 보낸 걸까요? 나중에 알아 봐야 그런 건 퍼즐에서 부주의하게 떨어진 조각들에 불과해 아무 도움도 되지 못하지만요.

서술자 역할을 하는 동안 운명이 내게도 똑같은 짓거리를 하는 게 어렴풋하게 느껴졌어요.

조율사이다 보니 메타나 해체나 패러디 같은 방법을

몰라서 나는 내 기억에 따라 자초지종을 풀어 가는 수밖에 없었어요. 그런 게 운명을 놀라게 했다면 하는 수 없지요. 나중에 운명이 나를 어떻게 재평가하든 조용히 선고를 기다리는 수밖에요.

내가 아는 것도 이것뿐이에요.

참, 그 스타인웨이를 빈집에 방치하는 게 조율사의 직업 윤리에 어긋난다고 생각하는 사람은 없겠지요?

틀림없이 새 조율사를 찾을 테니까요.

당신의 스타인웨이처럼요. 이십오 년이나 늦었지만 결국에는 내 앞에 나타났잖아요.

다른 세상에서 혹시 리흐테르를 만난다면, 그가 자신을 싫어하는 것과 내가 자신을 싫어하는 것의 차이가 무엇인지 이제는 안다고 전해 줘요.

자아란 평범한 사람에게는 영원한 결핍이에요. 거추장스러운 환각에 불과하지요.

그럼 당신은 어떤 유형인가요?

두 시간 동안 쳐다보고 나서야 슈베르트의 피아노 소나타 18번 D894의 악보를 끝까지 훑어볼 수 있었다. 연필로

몇 군데에 표시한 뒤 처음부터 다시 해 보려 했는데 손가락이 멋대로 움직이더니 즉흥적으로 경쾌한 소곡을 쳤다.

사내아이는 들장미, 황무지의 장미를 보았다. 초등학교 2학년인 나는 선생님 반주에 맞춰 반 아이들과 신나게 합창했나. 순수한 아이들 목소리가 순식간에 교실 전체를 밝혔다. 수업이 끝난 뒤 나만 혼자 남겨졌고 선생님은 내가 이미 전곡을 칠 줄 아는 곡, 바로 이 곡을 들려주었다.

매독에 걸리고 초라하기 그지없는 무명의 땅딸보가 어떻게 이토록 이슬처럼 투명한 선율을 작곡할 수 있었을까? 세월의 바람이 잔잔한 파문을 일으켰다. 나는 눈을 감고 마음을 진정시킨 뒤 어둠 속에서 두 손으로 건반 위치를 찾아 소나타의 첫 음을 눌렀다.

이제부터는 이 이야기를 위한 마지막 앙코르곡이라고 생각해 주시길.

자리에서 일어나 아낌없는 박수를 보내 줄 사람은 당신밖에 없을 걸 알지만.

그곳은 모스크바 시내 한 빌딩의 16층에 있었다.

뉴욕을 떠난 뒤 나는 곧장 타이베이로 돌아가지도, 후베이 이창으로 날아가지도 않았다. 대신 리흐테르의 생가에 가 보기로 마음먹었다.

가랑눈이 날리는 오후였다. 원래는 두 사람이 제일 처음 동거했던 작은 아파트를 방문할 수 있을 줄 알았는데 관람할 수 있는 옛집은 그곳뿐이었다. 1971년 리흐테르와 니나는 예술가 전용 거주지로 배급된 신축 공공건물로 이사했다.

정식 혼인 신고를 하지 않아 정부는 그들에게 두 호를 배급했다. 두 집은 중간이 뚫렸어도 독립적인 출입문을 유지하고 있었다.

500루블을 내자 입구를 지키는 할머니가 영어 도슨트에게 통지하고는 나를 왼쪽 대문으로 입장시켰다. 미리 알려 주지 않았다면 나는 누구의 거처로 들어갔는지 몰랐을 것이다.

생전에 교습할 때 쓰던 서재와 그 안에 걸린 니나의 초상화, 칠이 벗겨진 베커 피아노를 제외하면 니나의 집에는 이제 생활했던 흔적이 거의 남아 있지 않았다.

침실에 들어가자 가구를 모두 치우고 벽에 리흐테르

의 그림을 가득 걸어 두어서, 리흐테르가 음악 외에 다른 방면에서도 얼마나 뛰어났는지 새삼스럽게 알 수 있었다. 식당에도 리흐테르의 어린 시절 작품과 '내 아이가 천재임을 알았다.'라고 적힌 어머니 일기가 전시되어 있었다. 벽에 걸린 파스텔화를 가까이에서 살펴보니 색채가 선명하고 활기찼다. 대가의 그 어린 시절 그림은 자신의 창작 뮤지컬을 위한 홍보 포스터였다.

일상적인 생활상을 조금은 느낄 수 있을 줄 알았는데 내 눈에 들어온 것들은 세심하게 준비된 전시물이었다. 도슨트는 전부 니나가 긴 시간과 노력을 들여 리흐테르를 위해 수집하고 정리한 것들이라고 설명했다.

식당을 나온 뒤 두 집 문패를 관통하는 지역에 이르렀다. 양쪽 거실과 리흐테르 쪽 식당을 합친 넓고 밝은 피아노실이었다. 리흐테르는 생전에 그곳에서 소규모 연주회를 열곤 했다. 비대칭적인 공간 배치는 두 사람이 살아 있을 때부터 그랬던 듯했다. 그 형태를 줄곧 유지했을 것이다. 니나는 계속 자신의 작은 서재에서 노래를 가르쳤지만 리흐테르는 연습할 때 커다란 피아노실을 독점했다.

식당을 없앴으니 리흐테르는 니나의 집으로 가서 식사했겠지?

나중에도 그들은 집에서 늘 함께 식사했을까?

니나는 요리할 때 자기 공간조차 없던 과거의 리흐테르를 그리워했을까? 그 결합으로 그녀는 행복했을까……?

그런 편집증적 질문에 대답해 줄 수 있는 도슨트는 어디에도 없었다.

피아노실은 스타인웨이 그랜드 피아노 두 대가 놓일 만큼 충분히 컸다. 도슨트는 의기양양하게 나를 피아노 앞으로 데려간 뒤 대가가 생전에 여기에서 열심히 연습했노라고 말했다. 나는 도슨트에게 대가가 늘그막 연주회에서 사용한 피아노는 야마하였다는 걸 아느냐고 반문하고 싶었다.

말년에 리흐테르는 거의 해외에 머물렀기 때문에 이곳으로 돌아와 연습한 시간은 얼마 되지 않았다. 그런데도 두 대의 피아노는 여전히 방문객에게 진실과 동떨어진 환상을 만들어 주는 데 동원되고 있었다. 바로 이것이 대가가 비범한 기교를 연습했던 절세의 피아노라고 말이다.

놀이동산에서 애니메이션 캐릭터 옷을 입고 손님을 부르는 아르바이트생이 떠올랐다. 스타인웨이 대신 서럽고 억울할 지경이었다.

피아노들은 보존된다기보다 그곳에서 잊히는 듯했다. 더는 연주될 수 없다는 것만으로 이미 슬픈데 행복한 척하며 성지 순례자들을 위해 기념사진까지 제공해야 했다.

그나마 다행이라면 그들은 혼자가 아니라 함께였다. 밤에 문이 잠긴 뒤 나란히 과거를 떠올리며 추억을 나눌 수 있을 터였다. 하지만 그들은 대가가 자신들을 연주할 때 속으로는 다른 피아노의 '피아니시모'를 상상하고 있었던 걸 영원히 모를 것이다.

러시아어를 몰라서 서재 책꽂이에 어떤 작가의 작품들이 꽂혀 있는지 알 수 없었다. 미궁을 헤매듯 돌아다니다가 마지막에 리흐테르의 침실에 이르렀다.

무척 협소한 공간에는 작은 싱글 침대 하나만 있었다.

어느 집 넓고 편안한 소파만도 못한 싱글 침대를 바라보며 나는 잠시 침묵에 잠겼다. 이 침대에서 돌아가셨습니까? 내가 도슨트에게 물었다.

아, 아닙니다. 심장병으로 병원에서 돌아가셨습니다. 세상을 떠나기 전까지 연주회를 준비 중이었고 마지막에 연주한 작품은 슈베르트의 피아노 소나타 3번이었습니다. 그는 18번 D894를 제일 좋아한다고 말했는데…….

나는 나도 모르게 도슨트의 말을 끊었다. 여기에서 연습했나요?

도슨트는 잠시 당황했다.

아닙니다. 서쪽 교외의 별장에서였습니다.

떠나기 전에 나는 도슨트에게 피아노실의 스타인웨이를 쳐 봐도 되느냐고, 몇 음만 쳐 봐도 좋겠다고 말했다. 뜻밖에도 괜찮다는 대답이 돌아왔다. 관광객 비위를 맞추려는 수법에 불과함을 잘 알면서도 나는 뛸 듯이 기뻤다.

하지만 피아노실로 되돌아가 소리 없이 서로에게 기대고 있는 두 대의 스타인웨이를 보았을 때, 나는 이미 내밀었던 오른손 검지를 선뜻 움직일 수 없었다.

까닭 없이 괜히 부추겨 깨웠다가 저들이 다시 무대에 오르려는 줄 알면 너무 잔인한 게 아닐까?

잠든 그들을 가만히 내버려둔 채 나는 몸을 돌려 올 때와 똑같이 망망한 백설 속으로 들어갔다.

2018년 11월《인각문학생활지》에 초고 발표

2019년 8월 최종 원고 완성

작가의 말

피아노 소리를 따라 저와 끝까지 함께 와 주셔서 감사합니다.

여기에는 쓸쓸함을 비롯해 거짓, 나약함, 두려움, 후회가 들어 있지만 무엇 하나 들어 있지 않다고도 할 수 있습니다. 다만 그것은 텅 빈 무(無)가 아니라 무한한 가능성을 지닌, 예측할 수 없고 짐을 내려놓은 듯 홀가분한 무입니다.

확실히 무거운 짐을 내려놓은 것 같습니다. 이십 년이나 가슴속에 담아 두었던 어렴풋한 생각이 드디어 한바탕의 눈과 피아노, 그리고 한 사람이라는 고정된 화면을 갖게 되었으니까요.

세월에도 감사해야 할 것 같습니다. 이십 년 전의 저는 이렇게 용감하고 성실하지 못했습니다.

2018년 7월 "원래 우리는 육체가 없는 영혼에 불과했다."라고 적자 놀랍게도 이야기 속의 모든 요소가 소환되기 시작했습니다. 버지니아 울프가 "댈러웨이 부인은 자기가 직접 꽃을 사야겠다고 말했다."라고 썼을 때 생명 속 모든 광기와 희열과 슬픔과 고독이 순식간에 집중돼 의아하고 놀랐지만 이미 물러설 수 없었다고 했지요. 저도 드디어 그런 순간을 체험할 수 있었습니다.

현실을 보듬거나 사회를 비판하고 인성을 풍자하는 건 뛰어난 소설가라면 삼십 대에 이룰 수 있습니다. 하지만 저는 삼십 대 때 더는 소설을 쓰지 않겠다고 결심했고 그 공백을 십삼 년간 이어 갔습니다. 『피아노 조율사』가 제게 어떤 의미냐고 묻는다면 십삼 년 동안 내면 깊은 곳의 회의감, 상처의 누적에 따른 피로와 미망을 마주한 결과라고 답할 수 있을 듯합니다.

쉰 살이 넘은 뒤 저는 그게 현실에서 측정할 수 없는

감동을 추구하는 저 같은 사람들이라면 필연적으로 치러야 하는 대가임을 겸허히 받아들였습니다.

서른 살에서 쉰 살까지 얼마나 긴 기다림과 고된 여정을 겪었는지 모릅니다. 배신과 배척, 생이별과 사별을 겪은 뒤에야 오롯이 인성만 추구하는 날에 이른 듯합니다. 더는 세속적 기준의 긍정으로 미래를 지탱할 수 없고 인생의 각본도 없는 날에 이르렀습니다. 저는 텅 빈 무대로 올라가 무대 아래의 여러분을 보며 단숨에 이 이야기를 들려드리고 싶었습니다.

늘 『설국』, 『슌킨 이야기』, 『베네치아에서의 죽음』, 『이방인』 같은 정교하고 심오한 문체를 좋아했습니다. 그런데 애틋한 감정의 피아노 독주가 웅장한 기세의 교향곡에 못 미친다고 누가 말할 수 있겠습니까? 젊은이가 노쇠한 영혼들처럼 자아를 추구하면 좌절하기 쉽습니다. 젊은 예술가에게 세속적으로 요구되는 야심만만하고 대범한 창작 태도를 지킬 수 없고, 더군다나 그 나이에는 명확한 설명 자체가 불가능하기 때문입니다. 음표 같은 순수함과 투명성이 부족해 자비로우면서 잔인한 구원에 도달할 수 없지요.

침울하고 어지러운 시기일수록 자기 자신을 조율할 줄

알아야 합니다.

중년에 다시 소설을 쓰기 시작해 『밤의 아이』, 『미혹의 고장』, 『단절』을 완성했습니다. 인생의 붕괴를 뛰어넘어 '그라운드 제로'로 돌아가려는 시도였지요. 이번 『피아노 조율사』에 이르니 시끄럽게 고함치며 뛰어다니는 사람들 소리가 점점 멀어져 어느새 기억 저편으로 아득하게 넘어갔더군요. 예전에는 세상의 음정이 심각하게 어긋났다고 생각했는데 단지 귀를 기울이는 방법을 몰랐던 게 아닌가 싶습니다.

피아노를 칠 줄 모르는데도 실망과 갈망 속에서 헤매는 조율사를 선택한 이유는 그 정도로 어려워야만 소설 창작이 무한한 추구의 대상으로 다가오기 때문이었습니다. 마침내 저는 압박과 쓸쓸함이 남긴 상처에 부드럽게 입맞춤할 수 있게 되었습니다. 결국 스스로를 구원할 방법은 남의 눈에 자학처럼 보이는 이러한 추구의 방식밖에 없었습니다.

한 음 한 음을 참을성 있게 감상하면서 피아노곡 전곡을 듣는 것처럼 페이지를 건너뛰거나 한 번에 열 줄씩 읽지 않고 행간의 가벼운 탄식과 낮은 읊조림까지 들어주신 것에 감사드립니다.

초고는 문학잡지《인각》에 먼저 실렸으며, 당시 원고를 청탁해 주신 젠바이(簡白) 부편집장님께 감사드립니다. 나중에 지금의 원고로 고쳐 썼습니다. 초고 때 격려해 주신 왕더웨이(王德威) 선생님, 주톈원(朱天文), 저우펀링(周芬伶), 차이쑤펀(蔡素芬), 하오위샹(郝譽翔)께도 감사드립니다. 또 '무마(木馬)'의 동료들에게도 감사 인사를 전합니다. 그들의 세심한 노력으로 이 책이 여러분 앞에 나올 수 있었습니다.

그럼 또 만날 수 있기를 바랍니다.

추천의 말

세상에 묻노니, 피아노란 어떤 물건인가?

왕더웨이(王德威, 문학 비평가)

『피아노 조율사』는 궈창성의 작품 중에서도 최고라 할 수 있지만 근래의 타이완 소설을 통틀어서도 걸작이라 할 수 있다. 이 소설은 피아노를 매개체로 소리와 감정의 이야기를 다룬다. 절대 음감을 가진 피아노 조율사인 주인공은 각 피아노의 특색과 환경에 따른 변화를 판별할 수 있고, 무엇보다 피아노 음색의 결함까지도 찾아낼 수 있다. 그는 의사처럼 문진하고 소리와 상태를 살펴본 뒤 상황에 맞는 처방을 내린다. 하지만 피아노 소리가 아무리 좋아도 사람마다 추구하는 '완벽'의 기준이 다르다는 것도 알고 있다. 피아니스트가 어떤 주법을 사용하고 얼마나 애정을 쏟는가가 연주의 성패를 가르는 열쇠이다.

음정이 달라진 피아노를 손볼 때 조율사는 속으로 가장 이상적인 소리를 떠올릴까? 아니면 자신이 가장 좋아하는 연주곡을 떠올릴까?

궈창성의 오랜 작품 활동을 돌아볼 때 그는 늘 사랑 이야기를 아름답고 낭만적으로 그려 냈다. 얼마 전에 발표한, 가족의 기억을 되짚어 생로병사를 성찰한 산문도 무척 감동적이었다. 그런데 『피아노 조율사』는 그보다 더 복잡하고 내적인 목소리를 드러낸다. 머뭇머뭇 혼잣말처럼 털어놓을 때도 있고, 과거에 빠져 헤어 나오지 못할 때도 있으며, 하려던 말을 중간에 삼킬 때도 있다. 서사는 주로 조율사의 목소리를 통해 전개되지만, 다른 인물들 사이에서도 억눌리고 비틀리고 상처투성이인 곡조가 흘러나온다. 그런 곡조는 곳곳에서 오르락내리락 흘러나와 다양한 소리로 구성된 인간 네트워크와 합쳐진다. 다만 소리의 고저장단이 대상으로 삼는 것은 피아노, 다시 말해 감정이다.

우리는 최소 세 가지 방면에서 『피아노 조율사』의 의

미를 살펴볼 수 있다. 피아노 조율사는 마흔 살이 넘었고 외모도 평범하며 아무것도 이루지 못했다. 조율을 해 주느라 한 여성 피아니스트의 삶에 발을 들여놓은 그는 피아니스트가 갑자기 세상을 떠나면서 그 남편과 만나게 된다. 이후 조율사는 우아한 피아노 소리에 가려 밖으로 드러나지 않았던 사연, 가령 나이 많은 남편의 젊은 아내와의 늘그막 사랑, 파란만장했던 사랑의 고비, 대가 없는 동경과 실망 같은 일들을 접한다. 망자의 과거에서 예상하지 못했던 면모가 속속 드러나고 산 사람의 마음도 생각만큼 단순하지 않다는 것을 발견한 순간, 조율사는 혼란에 빠진다. 스타인웨이 혹은 뵈젠도르퍼를 둘러싼 '피아노 밖의 소리'도 무척 많기 때문이다.

조율사 자신의 이야기는 어떨까? 여기에 바로 귀창성의 의도가 들어 있다. 후줄근한 패배자처럼 고객 앞에 나타난 조율사는 너무 무기력해 보여서 아무 눈길도 끌지 못한다. 하지만 그가 어떻게 보잘것없는 폐물이겠는가? '한때' 천재였던 그는 인생에서 기회를 놓쳤을 뿐이다. 어렸을 때 그를 알아본 선생과 그가 동경했던 젊은 피아니스트, 그가 조율해 줬던 피아노의 여주인 모두 그의 재능

아래 숨어 있는 어두운 면을 알아채지 못한다. 그건 출신과 계급에 따른 스트레스, 성별과 정욕으로 인한 흔들림, 너무 많아 제어할 수 없었던 우연과 성격적인 요인 때문이다.

소설 속 인물들은 피아노 소리에 이끌려 인연을 맺고 예상치 못한 반전도 맞이한다. 계속 읽다 보면 우리는 어느 순간 『피아노 조율사』가 무척 슬픈 소설임을 인식하게 된다. 어린 시절 조율사의 재능을 발견했던 선생을 비롯해 인물들은 저마다 진실과 거짓, 외도와 커밍아웃, 낭만과 현실 사이에서 어쩔 수 없는 선택의 갈림길에 선다. 조율사도 너무 일찍 꺾여 버린 '감정 교육'으로 인해 평생 시간을 낭비한다. 하지만 궈창성의 슬픈 묘사는 이뿐만이 아니다. 그가 다루는 슈베르트, 리스트, 라흐마니노프 같은 작곡가는 물론 리흐테르, 굴드, 후지코 헤밍 같은 연주가들까지 마지막에는 뿔뿔이 흩어진다. 누군들 슬프다 못해 암담해지는 사연이 없겠는가?

여기에서 우리는 『피아노 조율사』의 두 번째 의미로 들어가게 된다. 궈창성의 글에서 '정(情)'과 '피아노'의 관계는 단순한 은유를 넘어 우리 삶의 '정'과 '물(物)'의 대화를 직접적으로 가리킨다. 소위 말하는 '정'은 집착이나 분노, 탐욕, 원망 같은 감정은 물론 상황과 정경까지 포함한다. '물'은 객관적인 실체뿐만 아니라 삶의 욕망에 따라 요동치는 모든 것을 뜻한다. '정'과 '물'은 상호 작용을 통해 허상이나 실체를 생성하기도 하고 소멸시키기도 한다. 피아니스트는 피아노를 감정적인 물건으로 봐야만 공감할 수 있는 잠재력을 가지게 된다. 그리고 조율사는 음정이 틀어진 피아노로부터 시작해야 '물'이 내재된 감정과 색채를 회복시킬 수 있다. 그건 음정을 맞춘다기보다 음률을 맞춘다고 하는 게 더 적합하다. 하지만 피타고라스의 절대적 협화 음정에 도달하는 게 어떻게 그리 쉽겠는가!

그리하여 우리는 소설의 핵심으로 들어간다. 아직 순진한 소년일 때 조율사는 선생의 눈에 띄어 외국에서 돌아온 청년 피아니스트에게 배울 기회를 얻는다. 출중한 재능을 가진 청년 피아니스트는 소년에게 모든 사람이 공명의 방정식을 가지고 태어난다며 "어떤 사람은 악기에서 찾고 어떤 사람은 노래에서 찾아. 더 운이 좋은 사람은 망망한 세상 속에서 그 과거와 현재와 미래의 공명을 깨우는 모종의 진동을 찾아낼 수 있지."라고 알려 주고는 그 진동을 신뢰 혹은 사랑이라 부른다고 말한다.

청년 피아니스트의 말에 소년은 완전히 매료된다. 하지만 그 가르침이 가슴에서 우러나온 진심인 동시에 힘겨운 지령, 심지어 저주라는 것을 어떻게 알았겠는가. 청년 피아니스트는 육체로 자신의 진심을 증명한다. 그는 끝내 최고 경지에 오르지 못하고 금지된 사랑으로 인해 병에 걸려 사망한다. 소년은 피아니스트를 향한 감정에서 아무 반향도 얻을 수 없자 정욕의 고통에 빠지고 더는 피아노에 전념할 수 없게 된다. 청년 피아니스트와 소년 모두 최고 피아니스트가 되고 말고는 중요하지 않음을 무척 어려운 방식으로 이해하는 것이다. 피아노를 정복하고 팬을 사로잡는다고 해도 자신의 육체와 영혼을 길들이지 못하면 아무 의미가 없다.

"세상에 묻노니, 정이란 대체 무엇이기에 삶과 죽음을 서로 허락하는가?"* 이 오래된 탄식은 궈창성의 글에서 새로운 우화적 성향을 보인다. 그러나 『피아노 조율사』는 영원한 탄식으로 그치지 않고 이야기를 생각지도 못한 의미

* 금나라 시인 원호문(元好問)의 『모어아(摸魚兒)·안구사(雁丘詞)』의 구절.

로 이끌어 간다. 고용주인 여성 피아니스트가 세상을 떴을 때 조율사의 작업은 일단락을 고하는 듯했다. 하지만 그녀의 남편이 나타나면서 원래라면 끝났을 관계가 계속 이어진다. 사업가인 남편은 음악에 문외한이지만 여러 상황을 고려한 뒤 조율사를 그대로 남겨 둘 뿐만 아니라 중고 피아노 사업을 함께 벌이기로 한다. 피아노를 사랑하기 때문에 조율사는 뉴욕까지 그를 따라가 중고 피아노를 살펴보는데, 그곳에서 인물들의 과거와 현재가 마침내 하나로 연결된다.

중고 피아노 거래는 『피아노 조율사』의 결말을 의미심장하게 만든다. 그게 단순히 사업적인 거래일까? 아니면 아내에 대한 사랑의 연장일까? 혹은 옛 피아노를 향한 절절한 그리움일까? 아니면 또 다른 이유가 있을까? 조율사는 의문을 떨칠 수 없다. 지난날을 돌아보며 그는 "일곱 살 아이와 스물네 살 추 선생님. 열일곱 살 소년과 서른네 살 피아니스트. 마흔세 살 중년과 예순 살 린쌍"이라며 "똑같은 차이를 두고 윤회하듯 반복되었다."라고 탄식한다. 이런 운명은 상상도 못 했을 것이다! 음악은 시간의 예술이고 상실과 소멸에 대한 탄식이다. 하지만 정말 되돌릴 가능성이 없을까? 다시 한번 푸가*를 시도할 수 있을까? 아니면 언제나 되돌아오는 또 다른 시작일 뿐일까?

소설의 (안티)클라이맥스에서 조율사와 남편의 '동업' 관계는 지지부진해진다. 뉴욕의 중고 피아노 거래소에 갔던 그들은 그곳이 낡은 피아노들의 무덤임을 발견한다.

> 창문은 없고 희미한 등불 몇 개만이 피아노 유해에서 사방으로 날리는 먼지의 바다를 비추고 있었다. 처치를 기다리는 백여 대의 낡은 피아노는 본체가 뜯기거나 음향판이 사라진 것도 있고 아직도 더러운 포장재에 싸인 것까지 있었다. (……)
>
> 덮개가 사라지거나 다리가 부러진 피아노, 속이 텅 빈 피아노도 있었지만, 따로 액션만 잔뜩 쌓여 있기도 하고 안쪽에서 들어낸, 더는 피와 살의 보호를 받지 못하게 된 신경 같은 구리 현 뭉치들이 벽에 걸린 채 덜거덕거리기도 했다.

* 하나의 주제를 각 성부나 악기가 모방하면서 쫓아가는 악곡 형식.

거대한 피아노의 무덤에서 내가 느낀 감정은 경악이나 슬픔이 아니라, 죽어 가는 동료들이 모인 무인도를 마침내 찾아낸 고래가 늦게라도 만나 다행이라고 여기는 기쁨이다.

피아노의 폐허는 감정의 폐허다. 궈창성은 현대 중국 소설에서 우울한 장면으로는 최고라 할 만한 명장면을 그려 낸다. 지금까지 그는 사랑이란 단 하나뿐이라 사랑의 끝은 더할 나위 없는 고통이라고 사랑의 순수성을 강조해 왔다. 『밤의 아이』, 『미혹의 고장』, 『단절』 모두 그런 경향에서 벗어나지 못했다. 하지만 『피아노 조율사』의 결말은 화해 혹은 해탈을 암시하는 듯하다. 이러한 결말은 그의 서술에 '모두 괜찮다'라는 방향성을 더해 주며, 그건 거대한 슬픔 뒤의 허무라 할 수 있다. 소설 말미에서 조율사는 위대한 피아니스트 리흐테르의 생가를 찾아간다. 무척 적막하고 조용한 그곳에서 거장의 생전 피아노 소리를 떠올릴 때 침묵이 소리를 압도한다. 궈창성은 소설에서 그렇게 '연륜'을 드러낸다.

궈창성은 1986년에 『동반』을 내놓았다. 그것은 슬픔의 의미를 깨달은 청년이 청춘에 고하는 작별 선언이자

문단에 내디딘 첫발이었다. 그로부터 삼십오 년이 흘렀어도 그는 여전히 지음(知音)을 찾아다니고 있다. "그 주파수, 그 진동수만이 나를 편안하면서 슬픔을 띤 기묘한 영역으로 데려갈 수 있다." 피아노가 추억이 될 걸 알면서도 그 순간에는 망연자실했을 뿐이다. 나중에 돌아보며 귀창성은 『피아노 조율사』라는 인생작을 써냈다.

이 책에 대한 찬사

고양이 발자국처럼 나른한 음표의 언어로 매혹적인 이야기를 연주하면서 사람과 음악, 감정 사이를 맴도는 영혼에 관해 들려준다. 이토록 망망한 설경과 파란만장한 인생의 어우러짐은 궈창성의 『피아노 조율사』에서만 가능할 것이다. 정말 아련해지는 소설이다.

소설가 간야오밍(甘耀明)

『피아노 조율사』 속 '정(情)'은 근원적 물음이면서 의문의 대상이고 궈창성이 평생 추구하며 변주해 온 주제이다. 데뷔작 『동반』부터 시작해 그의 모든 책은 제목에서 주제가 드러난다. 『동반』은 외로운 사람이 또 다른 외로운 사람과 계속 짝을 이루려 한다는 내용이다. 그런데 이번 『피아노 조율사』는 제목만 봐서는 주제를 눈치채기 어렵다. 시간의 여과와 침전 속에서 끝내 억누른 사랑과 그 사랑만큼의 쓸쓸함이 차곡차곡 쌓여 가는 과정이 무척 신선하다.

작가 주톈원(朱天文)

위키피디아에 따르면 피아노 현의 장력은 평균 68킬로그램에서 90킬로그램인데 『피아노 조율사』는 첫 페이지 첫 글자부터 마지막 페이지 마지막 마침표까지 팽팽한 장력을 유지한다. 모든 페이지가 장력으로 가득해 한 순간도 긴장을 놓을 수 없다. 피아노 조율사와 피아노에 관한 이 소설은 애절하지만 절제되어 있고, 문장 하나하나가 정확하면서 우아하다. 마치 음이 악보에 완벽히 상응하며 빛을 발하는 듯하다. 리흐테르가 슈베르트를 연주할 때 음과 음 사이에 짧은 정적을 두듯, 글자와 글자 사이에 호흡을 남겨 가볍고 조용하게 독자의 공감을 끌어내는 동시에 깊은 탄식을 자아낸다.

작가 리퉁하오(李桐豪)

『피아노 조율사』에는 음악과 악기에 관한 묘사가 많다. 어려서부터 음악을 가까이해 음감이 무척 발달한 궈창성은 이 청각적인 소설로 감정을 한층 순수하고 생기 있게 만든다. 이 책은 예술에 관해 말하지만 소설 창작이라는 서사 예술에 더 치중하고 있다. 그리고 그의 작품에서 사랑은 언제나 궁극적 예술이다. 완벽하지 않아서, 심지어 구멍투성이라서, 섬세하고 순수한 사랑이 더 예술적임을 잘 보여 준다. 이는 저자의 고독한 예술이지 시글픈 구원이다.

작가 저우펀링(周芬伶)

『피아노 조율사』에서 가장 빛나는 묘사는 '훼손'에 관한 부분이다. 음악의 아름다움 끝에는 뜻밖에도 구멍투성이 폐허, 시들어 버린 화관, 망가진 천사의 서글픈 애가가 있다. 그 슬픈 노래는 소설 속 인물의 비밀스러운 사연을 복잡하게 드러낸다. 아무도 모르는 과거의 회상 속에서 욕망과 좌절이 짝을 이루다 마지막에는 무언의 고독만 남는다.

작가 하오위샹(郝譽翔)

수백 년 동안 무수한 대가가 흑백

건반을 수천수만 번 두드리고 억만 개의 귀가 선별한 끝에 인류 문명의 최절정이 탄생했다. 그 최상의 아름다움을 만들기 위해 헤아릴 수 없을 만큼 많은 영혼이 망가지고 재능이 허비되었으며 시간이 버려졌다. 그렇게 나아갈 때 반대편에서 기다리는 것은 최정상일 수도 있지만 바닥없는 심연일 수도 있었다. 나는 이 책이 심연의 어둠과 함께 최상의 아름다움을 써냈다고 생각한다.

방송인 겸 작가 마스팡(馬世芳)

『피아노 조율사』를 읽는 동안 구성진 곡조가 귓가를 맴도는 듯하고, 앨리스 먼로의 『행복한 그림자의 춤』, 가즈오 이시구로의 『녹턴』, 토마스 만의 『베네치아에서의 죽음』, 미시마 유키오의 『금각사』, 온다 리쿠의 『꿀벌과 천둥』 등이 떠올랐다. 이 소설은 다른 모든 음악 소설, 복잡한 인간성과 운명을 탐색하는 소설, 예술과 미를 추구하는 위대한 소설 들과 호응하는 듯하다. 이렇게 영감을 주는 책은 정말 만나기 힘들다.

소설가 성하오웨이(盛浩偉)

담화와 탄주, 연주와 연정. 탐색, 탐사, 탐문. 조율과 조정, 기예와 기억. 운을 맞추면 매력이 배가 된다. 세상에는 똑같은 피아노 소리도 없고 대체할 수 있는 관계라는 것도 없다. 은밀한 감정의 충돌을 판별하고 인생의 상실을 체험해 보라며, 궈창성은 『피아노 조율사』에서 가슴속 공간과 가느다란 현, 사랑의 영혼과 몸을 구성해 낸다.

작가 마이항(馬翊航)

피아노를 찾으며 사람도 찾아다니지만 결국 그는 인생 속 유령을 발견할 뿐이다. 피아노는 사람을 비유하고 악곡은 감정을 의미한다. '피아노'를 예리하게 활용해 음악에 영생을 부여해도 사람의 눈에는 유령의 그림자만 남는다. 음악에 대한 적절한 이해로 사물과 상황과 감정을 확대하고 정제한다. 인물들은 나름의 이유를 가지고 과거의 아픔으로 운율의 순수성을 되살리지만, 인생의 음색은 하염없는 탄식으로 점철되고 끝이 보이지 않는다. 이미 존재하는 '소실'은 슬프고 현실적이며 아름답다.

작가 천제안(陳玠安)

내가 콩쿠르 프로그램 지도 교수라면 소설의 첫 장에서 의자를 돌렸을 것이다. 『피아노 조율사』로 궈창성은 타이완 문학사의 진정한 '권위자'가 되었다. 다른 사람들이 아직 시각적 묘사에 매달리고 있을 때 궈창성은 이미 청각적 묘사에 능숙해서, 시각적으로 아름다운 것은 물론 청각적으로도 아름다운 문체를 선보인다. 강력한 힘은 리듬감 있게 수축했다 팽창하고, 솟구쳤다 가라앉으며, 느려졌다 급해진다. 플롯은 심장을 목구멍까지 끌어 올리나 싶다가 가벼운 두세 마디로 감정의 음계를 몇 도씩 뒤로 물리고, 또 아무 일도 없었다는 듯 다시 세차게 끌어 올린다. 진정한 대가답게 막힘없고 자유롭다. 그에게 어울릴 법한 길고 아름다운 손가락과, 굳이 손가락으로 들쑤실 필요 없이 이미 만신창이가 되었을 심장을 계속 상상하게 된다.

작가 천바이칭(陳栢青)

'모든 음이 정확하다고 음률까지 정확한 것은 아니다.' 업계의 내부 비밀과 외부 상황, 정확함과 부정확함 사이를 넘나들면서 『피아노 조율사』는 미묘하고 모호한 감정의 선율을 포착해 독자의 깊은 공감을 끌어내고 피아노 선율에 젖게 만든다.

『흑백의 유희』, 『쇼팽 청취』의 작가 자오위안푸(焦元溥)

『피아노 조율사』는 언뜻 피아노를 찾는 듯 보여도 사실은 사람을 찾는 이야기이다. 1990년대 말 동성애자인 주인공은 스스로를 포기할 뿐만 아니라 예술의 극치인 '무아'를 통해 자신을 지워 버린다. 그런 슬픔 속에서도 흔들리지 않는 오기가 있다. '나'는 고통의 모든 조각에 늘 귀를 기울이려 노력한다. 어쨌든 그건 '나'가 세상에 존재하면서 몸이라는 악기로 연주해 내는 유일하고 대체 불가능한 음색이기 때문이다.

소설가 예자이(葉佳怡)

음악과 영혼의 결합을 통해 영혼과 육체의 애증을 엿볼 수 있다! 조율사가 된 천재 피아니스트는 어린 시절의 감정이 투영된 대상에 몰입하다가 피아노의 종착점에서 가슴속 깊이 억눌렸던 감정을 폭발시킨다. 그 순간 격정적인 피아노 음이 뚝 끊어지는 듯하다. 이후 소설은 러시아 피아니스트 리흐테르의 독창적인 연주와 사랑 이야기를 통해 영적 사랑과 음악에 대한 미련을 차분하고 세밀하게 서술한다. 책 전반에 걸쳐 피아노 음악이 상세히 서술되고 플롯도 교향곡 악장처럼 빨라졌다 느려지기를 반복한다.

소설가 차이쑤펀(蔡素芬)

옮긴이 문현선

이화여대 중어중문학과와 같은 대학 통역번역대학원 한중과를 졸업했다. 현재 이화여대 통역번역대학원에서 강의하며 프리랜서 번역가로 중국어권 도서를 기획 및 번역하고 있다. 옮긴 책으로 『원청』, 『오향거리』, 『아Q정전』, 『경화연』, 『삼생삼세 십리도화』, 『봄바람을 기다리며』, 『평원』, 『제7일』, 『사서』, 『물처럼 단단하게』, 『작렬지』, 『문학의 선율, 음악의 서술』 등이 있다.

피아노 조율사

1판 1쇄 찍음 2024년 3월 26일
1판 1쇄 펴냄 2024년 4월 5일

지은이 위창성
옮긴이 문현선

발행인 박근섭 박상준
펴낸곳 (주)민음사

출판등록 1966. 5. 19. 제16-490호
주소 서울시 강남구 도산대로1길 62(신사동)
강남출판문화센터 5층 (우편번호 06027)

대표전화 02-515-2000
팩시밀리 02-515-2007
홈페이지 www.minumsa.com

ISBN 978-89-374-5646-6 03820